青空あかな
ill. 祀花よう子
Vol. 2
追放された公爵令嬢ですが、天気予報スキルのおかげでイケメンに拾われました

ラフ
農業ギルド
“重農《じゅうのう》の鋤《すき》”のメンバー。
整った顔立ちで
クールな印象だが
意外な一面も…?

「これでやっと、
俺たちの間にあった壁が
なくなった気がするんだ」
「ラフさん……」
ウェーザ・ポトリー
必ず当たる
天気予報スキルを持つ
公爵令嬢。
路頭に迷っていたところを
ラフに拾われた。

「これからも
一緒に歩いて
いきましょう……
今までと同じように」

追放された公爵令嬢ですが、天気予報スキルのおかげでイケメンに拾われました

青空あかな

ill. 祀花よう子

Vol. 2

Tsuihou sareta
Koushaku Reijou desuga,
Tenkiyohou skill no
okagede Ikemen ni
hirowaremashita.

Contents

✦序章　夢（Side　ラフ）…………✦

俺はひび割れた大地に立っていた。見渡す限り草一本も生えていない。いつもより狭く感じる空は真っ黒だ。浮かんでいる雲は白いが、それがやけに不気味なコントラストだった。そして……傍らのネイルスは泣いている。

（ああ……またこの夢か。最近は見なくなっていたのに）

俺はこの夢が嫌いだった。過去の辛い境遇を思い出すからだ。

俺とネイルスは国々を渡り歩く〝彷徨《ほうこう》の民〟の末裔だった。様々な属性の魔力を操れる特異体質の一族。そのような存在は世の中でも珍しく、警戒されることが多かった。忌み嫌われ、色んな国から迫害されてきた歴史を持っている。

俺がまだ幼い頃、族長はある王国に定住することを決めた。小さな国だったが事情を話すと住むことを許してくれたのだ。一族はみな喜んだ。ようやく、行く当てのない旅が終わったと。王国近くの草原を借りて、俺たちはそこに住みだした。国は太陽を信仰しているようで、兵隊たちは太陽の紋章をつけていた。人々も温かく、一族は新しい生活に胸を膨らませていた。

だが、平和な日々も長くは続かなかった。あるときから、王国に病が流行り出したのだ。俺たちも懸命に薬を届けたりしたが、まったく効果がなかった。やがて、王国との交流も途絶えてしまい、一族の中に戸惑いと焦りが生まれる。本当にここにいて良いのか、王国に見限られたのではないか、病が収まるまで待った方がいいのではないか……。やっとのことで、長い放浪生活から解放されたこともあったのだろう。王国に残るか、それとも出ていくかで、一族の意見は真っ二つに分かれた。意見の対立は激しく、このままでは一族が分断される危険まであった。族長はすぐに今後の方針を決める話し合いを開いた。会議は三日三晩続いたが、最終的には一つの結論にまとまった。

――どこか誰も支配していない土地を見つけよう。そこで自分たちの国を作り、目立たず細々と暮らしていこう。

明日からまた旅を始めようと決めた夜だった。俺たちは何者かに襲撃された。盗賊団だ。無慈悲に人や物を襲う火。俺とネイルスは必死に逃げ回った。容赦なく迫り来る盗賊たちを振り返ったとき、ヤツらの鎧が炎に煌めいたのを覚えている。その胸には見覚えのある紋章が刻まれていた。そう……太陽の紋章だ。逃げる俺たちに向かって兵隊が投げかけた言葉が、未だに耳にこびりついている。

――病が流行り出したのは、お前たち呪われた一族のせいだ！

今でも襲撃の光景が鮮明に思い出される。迫り来る兵隊。降り注ぐ矢。喉元に切りかかってくる鋭い剣……。

「……うっ」

目が覚めたら汗だくになっていた。喉もカラカラに渇き息も乱れている。この夢を見たときはいつもこうだ。

「……そうだ、ネイルスは……」

部屋の隅にあるネイルスのベッドを見る。大丈夫だとわかっていても、確認せずにはいられなかった。ネイルスはすうすうと静かな寝息を立てていた。その安らかな寝顔を見て、ようやく安心できた気がする。

静かに水を飲むと気持ちが落ち着いた。窓の外はまだ真っ暗だ。時計を確認すると、夜明けまで小一時間はある。世界はまだ夜だが、もう一度寝るような気分にはならなかった。

(外の空気を吸ってくるか)

ギルドのヤツらを起こさないよう静かに外へ出た。ひんやりとした空気が体に張り付く。空にはうっすらと星が瞬いていた。夜が終わりつつある瞬間だ。広い世界の中で、自分一人しかいないような錯覚があった。

「……」

農場を見ながら、さっきの夢を思い出す。できることならキレイさっぱり忘れたい。だが、忘れたくても忘れられなかった。

(あいつらは今頃どうしているだろうか。それに、親父も……お袋も……)

襲撃により俺たちは両親ともはぐれてしまった。今は生きているかどうかさえわからない。幼いネイルスを連れて逃げるだけで精一杯だった。俺が運よくロファンティにたどり着けたように、一族もどこかに身を寄せていると願いたい。そんなことを考えていると、東の空がうっすらと明るくなってきた。夜明けが近づいている。そろそろ部屋に帰った方がいいだろう。

静かに自室の扉を開け、改めてネイルスの寝顔を見る。

「むにゃ……お兄ちゃん……ウェーザお姉ちゃん……」

むにゃむにゃと寝言を言っていた。ホッとしつつも、心の小さなわだかまりは消えてくれない。結局、俺は朝日が昇り切るまで外を眺めていた。


「お兄ちゃん、おはよう！　今日も良い朝だね！」

「おはよう、ネイルス。よく眠れたか？」

「うん、よく眠れたよ」

考えごとをしているうちにネイルスが起きてきた。ベッドの上で小さく伸びをしている。

「お兄ちゃん、朝ごはん食べに行こう」

「ああ、行こう」

暗い気持ちを振り払うように明るく答えた。ギルドのヤツらと合流し、一緒に食堂へ向かう。

「ウェーザお姉ちゃん、お空がキレイだねぇ。雲がひつじみたいでかわいい」

「あれはひつじ雲だね。このあと雨が降るサインだよ」

ネイルスは楽しそうに空を指した。窓からはのどかな景色が見える。空にはぷかぷかと白い雲が浮かんでいた。

「ラフさん、午後からは雨が降ってしまうので午前中は忙しくなりそうですね」

「ああ、そうだな」

ウェーザの予報だと午後から雨が降り出す。雲の隙間から見えるのは澄んだ青色だ。不気味な黒色なんかではない。それなのに、後から不吉な出来事がやってくるような不穏な空に見えてしまった。

✦間　章　念願の服（Side　とある少女）…………✦

「あんたたち、用意はいい？　お金を落としたりしてないでしょうね」

「もちろん持っているわ。全財産ね。使い切るつもりなんだから」

「私だって買い渋りはしないわ。いざとなれば歩いて帰ってもいいくらいよ」

あたしたちが今いるのは、辺境の街ロファンティ。目当ては〝ラフネーザ〟の服だ。あたしの地元では、ここの服を着ていることが一番の自慢だった。でも、新作はいつも一日持たずに売り切れる。とにかくデザインと着心地が素晴らしくて大人気なのだ。その頑丈さも売りで、擦り切れたり破れることは滅多になかった。なにより、ちょっぴりお高いけど、手が届かないほどでもないお値段が嬉しい。無駄遣いしなければ、あたしたちみたいな小娘でもどうにか買えた。

「ここがロファンティか……思い返せば、ずいぶん遠くまで来たわね」

「まさか、私にこんな行動力があるなんて思いもしなかったわ」

「〝ラフネーザ〟の服が買えるなら、どんなことだってするわよ」

地元ではいくら頑張っても買えない。でも、絶対に欲しい。となれば、工房に直接行くしかない。というのがこの旅の始まりだった。馬車をたくさん乗り継ぎ、ようやくたどり着いた。服を買うため少しでも安い馬車に乗ったので、体があちこち痛かった。

「なんだか活気のある街ね。以前は治安が悪かったらしいけど」

「元々は流れの冒険者が多かったみたいよ。ちらほらそういう人がいるわ」

「でも、私たちみたいなお嬢さん方も歩いてるわね。観光客かしら」

ロファンティはガサツだけど元気いっぱいの街、という印象だ。デコボコと色んな高さの建物が横一列に並んでいる。レストランや宿屋、武器屋に質屋……。様々な種類のお店が雑然と開かれていた。それぞれ建物の壁を赤や青、緑や黄色などの人目を引くカラフルな色に塗っていた。道は舗装されていないので、人や馬車が通るたびに土埃が舞う。辺りを包むいい加減とも言える空気感が、街の雰囲気に絶妙にマッチしていた。詳しくは知らないけど最近治安が良くなったらしい。荒くれ者が多いっていう話だけど、怖そうな人は全然いなかった。衛兵みたいな人たちも歩いているから安心できる。

「それにしても、服を仕立てているラフってどんな人かしらね」

ウワサだと、男性が一人でデザインと製作を担っているらしい。毎月のように新作が出るので、職人がたくさんいるのかと思っていた。

「あんなに素晴らしいデザインを思いつくんですもの。きっと、王子様みたいな人よ」

「もしかしたら、正体を隠すために男装したお姫様だったりして」

「あたしは年老いた紳士だと思うわね。人生の酸いも甘いも知り尽くした人が仕立てているんだわ」

謎の仕立人ラフについて、あれこれ予想するのは楽しかった。〝ラフネーザ〟の情報はそもそも少ないけど、その分想像の余地がある。道を歩きながら、友人二人に気になっていたことを聞いた。

「ね、ねえ、手紙とか送ってないけど大丈夫かしら」

あたしたちの地元は田舎だ。〝ラフネーザ〟についてはウワサ程度の話しか入ってこなかった。手紙がちゃんと届くかもわからなかったので直接やってきたわけだ。

「別に気にしなくていいんじゃない？　むしろ、お客さんが来てくれて嬉しいはずよ。地元の仕立て屋だって、いつ行っても愛想よく中に入れてくれるし」

「断られても頼みこめば売ってくれるわよ。わざわざこんな遠くまで来たんですもの」

（そうね、二人の言う通りだわ。もしダメでも、お洋服を売ってもらうまで絶対に粘るんだから！）

心の中で静かに決心した。みんなで歩き、だいぶ街の奥まで来た。中心部から離れているからか、この辺りのお店は茶色やネイビーなどの落ち着いた色が多い。そう思って建物の並びを眺めていたら、不意に、友人たちがはしゃぎだした。

「ねえ、あそこが〝ラフネーザ〟の工房じゃない？　見るからに仕立て屋っぽいわよ」

「ほんとね。なんだか看板もオシャレだわ」

レストランと武器屋の間に、他の建物とはまったく違う佇まいのお店があった。二人は小さく足踏みしながら、嬉しそうに指さしている。黒くて低い三角屋根にダークブルーの壁。太陽や月だったり、雲のマークがちょこちょこと描かれている。別に目立つ装飾はないのに、おとぎ話に出てくる妖精のお家みたいにオシャレでかわいい。そして、ドアの上の看板には、風が流れるような赤い文字が書かれている。

「どれどれ、お店の名前は……」

読んだ瞬間、心臓がドキリと波打った。一足遅れて、じんわりと気持ちが高ぶってくる。看板には〝ラフネーザ〟と書いてある。その端っこには、金属でできた鋏《はさみ》の飾りがつけられていた。ウワサ通りだ。

「「やった！　とうとう見つけた！　ここだわ！」」

あたしたちは手を取り合って喜ぶ。憧れのブランド名が見えただけで、遠路はるばるやって来たかいがあった気がした。しかし、ここからが本番だった。既製品は販売しているのか……あたしたちに売ってもらえるのか……。

「では、さっそく工房に入りましょう。あたしは後から入るから、あんたたち先に行っていいわよ」

「いえいえ、あなたが一番来たがっていたでしょう。一番乗りはお譲りするわ」

「私もお店の飾りを見てから入るからお先にどうぞ。なかなか見かけない飾りですからね」

友人たちは意外と怖がりで、あたしの後ろに隠れようとする。かと言って、あたしも一番手は遠慮したかった。厳格なお爺さんみたいな人が出てきたらどうするのだ。想像したら急に怖くなって、みんなで押し合い圧《へ》し合いしていると、突然工房のドアが開いた。

「なにか用か？」

「「ひっ……‼」」

巨大な男の人がぬらりと出てきた。黒髪に黒目。顔は整っていてカッコいいのだけど……怖い。身体はがっしりしているし、笑顔の一つもなかった。特に、その鋭い目で見られると猟犬に狙われたウサギの気分になった。たぶん、この人は〝ラフネーザ〟の用心棒だ。

（ど、どうしよう、お洋服は欲しいけどこの人怖い……）

あと一歩というところで、最大の試練が立ちはだかった。この用心棒を倒さないとお店には入れないのだ。

「なにか用かと聞いているんだが」

「「ひっ……‼」」

男の人はあたしたちを睨む。冷や汗がじわじわと出てきた。金縛りにあったかのように体が動かない。

（だ、誰か助けて）

「ちょっと、お兄ちゃん！　何やってるの！」

友人たちを置いて逃げようと覚悟を決めたときだ。お店の中から女の子の声が聞こえてきた。

「何やってるって、誰か来たから対応しているだけだが」

「もう！　その人たちはお客さんでしょ！　まったく、どうしてわからないのかなぁ」

そぉっと中を覗くと、小さな女の子が腰に手を当てて男の人に強い眼差しを送っていた。ぷんっ！　という音が聞こえそうなほど頬っぺたを膨らませている。彼女は長く伸ばした青っぽい黒髪に黒目だ。さっき大男をお兄ちゃんと呼んでたし、二人は兄妹かもしれない。

「客？　こいつらが？」

「だから、お客さんにこいつらとか言わないの！　……すみません、〝ラフネーザ〟にようこそ。

さあ、どうぞ中に入ってください」

「ど、どうも」

女の子に案内され、おそるおそるお店に入った。棚にはたくさんの布がしまってあったり、机の上には鋏や針が置かれている。一見すると雑多な雰囲気だけど、よく整理整頓されていた。

「狭くて悪いな」

「あ、いえ」

女の子はニコニコしているけど、男の人は相変わらず表情が硬い。あたしたちは気まずい雰囲気で佇む。

「ほら、お兄ちゃん、自己紹介して」

「ああ、そうだな……さて、俺はラフだ。こっちは妹のネイルス」

「ネイルスでーす。お兄ちゃんはいつも無愛想なんですけど、怒ったりしてるわけじゃないから安心してください」

「よ、よろしくお願いします……って、あなたがラフさんなんですか⁉」

男の人にラフと名乗られ驚愕した。〝ラフネーザ〟の仕立人と同じ名前だ。

(こんな無骨な人が作っていたなんて……)

友人たちも驚きで固まっている。

「それで用件はなんだ?」

ドギマギしていると、友人たちに小突かれた。あなたが代表して言いなさい、ということのようだ。

「あ、あたしたちは〝ラフネーザ〟の服が欲しいのですが……地元ではどうしても買えなくて。工房なら買えるかもしれないと思ってここまで来ました」

「なるほど……だが、今ここに既製品はないぞ」

「ちょうど今日の午前中、よその街に全部送っちゃったんです」

「「え⁉　そ、そんな……」」

なんという巡り合わせの悪さだ。せっかくここまで来たのに。友人たちもショックを隠せないようだ。一人は魂が抜けたように呆然と立ち尽くし、もう一人もポカンとして虚空を眺めるばかりだった。ネイルスさんとラフさんは顔を見合わせている。

「そんなに気落ちするな。服が欲しいのならオーダーメイドで作ってやろうか？」

「急ぎの仕事が終わったので作れますよ」

「「ほ、ほんとですか⁉」」

オーダーメイドで作れると言われた瞬間、心が明るくなった。傍らの友人たちもうなずいている。

「じゃ、じゃあ、お願いしていいですか？」

またもや小突かれたので、あたしが代表して頼んだ。

「よし、さっそく取り掛かろう。好きなモチーフはあるか？　好みのデザインは？　色は何色がいい？　オーダーメイドだからな、お前らの着たいデザインにしてやるぞ」

「お兄ちゃん、言葉遣い」

「仕方ないだろ、昔からこんな話し方なんだから」

（そうか！　オーダーメイドだから、あたしの好きな服を作ってもらえる！　あっ、でも……）

　ワクワクする期待とともに、小さな不安が湧いてきた。特注ということは、その分お金もかかるのではないだろうか。友人たちも気づいたようで、さりげなくお財布の中身を確認している。

彼女らとこっそり相談すると、勇気を出してラフさんに聞いてみた。

「あの、お金ってどれくらいかかりますか？」

「オーダーメイドだと……やっぱり高いですよね」

「お代はちゃんとお支払いするのですが心配になってしまいまして……」

　こわごわと尋ねてみると、ラフさんはフッと笑いながら話してくれた。

「安心しろ。代金は既製品と同じで構わん。せっかく遠方から来てくれたからな。それぐらいはサービスするぞ」

　その言葉を聞いて、あたしたちはホッと胸をなで下ろした。お金の心配が消えて気持ちが軽くなる。緊張も少し和らいでくれたので、落ち着いてお洋服の希望を伝える。

「あたしはリボンとフリルがついたワンピースが好き……色は赤」

「私はふんわりしたドレスがいいです……緑色の」

「お花をいっぱい描いたロングスカートにしてください……あったかい雰囲気で」

　友人たちもあんなに怖がっていたのに、希望だけはちゃっかり伝えていた。ラフさんはサラサ

ラとメモを取っている。

「わかった、すぐに作り始める。だが、三着か。さすがに数時間はかかるな。それまで暇をつぶしておいてくれ」

「あ、あの、採寸とかは？」

「必要ない」

「「へ、へぇ〜」」

ラフさんはもう机に座って、大きな布をさくさくと切っていた。鋏やまち針を操る顔に、先ほど見せてくれた笑みは少しも浮かんでいない。その姿からは、獲物を狙うハンターのように張りつめた空気が漂ってくる。あまりの緊迫感に心臓の鼓動が速くなってきた。

（こ、これが一流なんだ……）

あたしたちが圧倒されている間にも、布は切られ縫われていく。ラフさんの前には、自分と布しか見えていないようだった。思わず真剣に魅入っていると、誰かにトントンと肩を叩かれた。

びくりとして振り返ると、笑顔のネイルスさんがいた。

「では、またあとで来てくださいね。少しお時間がかかると思いますので」

「「は、はい」」

ネイルスさんがお店の外まで見送ってくれた。パタリと扉が閉まる。

「じゃ、じゃあ、カフェにでも行きましょうか」

「そ、そうね、私もそれがいいと思うわ」

「せ、せっかくだからロファンティの名物が食べたいわ」

　あたしたちはみんな、夢でも見ているような心持ちだ。適当なカフェに入って、ハーブティーとトマトのカップケーキを頼む。

「はい、お待たせしました。お茶もケーキも〝重農《じゅうのう》の鋤《すき》〟で採れた作物を使っていますよ」

「ありがとうございます。あの、〝重農の鋤〟ってなんですか？」

「この近くにある農業ギルドよ。他では滅多に見かけない珍しい作物をたくさん育てているの。おまけに、みんな温かい心の持ち主でね。ロファンティがまだ貧しいときには、作物を無料で分けてくれたわ。あの人たちがいなかったら、この街もこれほど発展はしなかったでしょうね」

　店主は昔を思い出すように遠くを見ている。その方向には大きな木造の建物がそびえていた。もしかしたら、あそこが〝重農の鋤〟という農業ギルドかもしれない。

「何はともあれ、実際に食べてみればその美味しさに感動するわよ」

「「は～い」」

　店主の話を聞いていると、食べるのがより楽しみになってきた。さっそくお料理をいただく。見た目は普通のお茶とケーキだけど、食べたらあまりの美味しさにびっくりした。ハーブティーは一口飲んだだけで疲れが消え去り、トマトのカップケーキはかじっただけで体が温かくなった。こんなに美味しい物があるんだね、と話していると、あっという間に時間が経ち、約束の時間になった。うまくできているだろうかとハラハラしつつも、期待に胸を躍らせて工房への道を戻る。日も落ちて夕闇が迫っていた。でも、お店の明かりが通りを照らしてくれているので、歩いていても全然怖くない。道行く人だって昼間より増えていて、さっきは見かけなかった格好の集団がたくさんいる。剣や盾を携えた冒険者風の人たちだ。楽しそうに談笑しながら歩いているので、きっとダンジョンやクエストから無事に帰ってきたのだろう。ロファンティは昼と夜とでまったく違う一面を持っているのだな、と感じた。街を見ながらそう思っていると、〝ラフネーザ〟の前に着いていた。友人たちと一緒にゆっくりと扉を開ける。

「「し、失礼しま～す」」

「あっ、お兄ちゃん！　さっきのお客さん来たよ！」

「こっちにきてくれ。ちょうど出来上がったところだぞ」

「「うわぁ……す、すごい！」」

大きなテーブルの上には、目を奪われるほど素敵なお洋服が並んでいた。リボンとフリルがほどよく飾られた赤いワンピース。ふんわりしたシルエットの緑のドレス。かわいいお花がいっぱい描かれたロングスカート。どれも注文通り、いやそれ以上の素晴らしい出来だった。ラフさんがいるのも忘れ、あたしたちはきゃあきゃあ喜んでいた。

「さて、服の代金だが……」

「「はい」」

お洋服のお金はちゃんと残してある。そうは言っても、代金を支払うとほとんどお金は残らないから帰りも一番安い三等馬車だ。硬くて狭い椅子で帰るのは辛くても、〝ラフネーザ〟のためと思えば苦じゃなかった。

「こんなところでどうだ？」

「「……えっ？」」

値段の書かれた紙を見て、あたしたちは大変驚いた。既製品と同じでいい、と聞いていたけど、想定していたよりずっと安かった。これなら二等馬車に乗って帰れる。

「「こ、こんなに安くていいんですか？」」

「よその街に卸すと、運送費やらなんやらがかかるからな。店で売るときはどうしても高くなる。服自体の値段はこんなもんだ」

「私たちは良い物を安く売ることを目指しているんです」

〝ラフネーザ〟のお洋服がどうして人を惹きつけるのかわかった気がする。きっと、ラフさんたちの思いが服を通して伝わってくるのだ。

温かい気持ちでお金を払いお店から出る。少しでも感謝を伝えたくて深くお辞儀をした。

「「本当に……本当にありがとうございました！」」

「気をつけて帰れよ」

「また来てくださいね」

ラフさんたちと別れ、二等馬車に乗る。座席は広いし椅子もふかふかで気持ちよかった。

「大変な旅だったけど来てよかったわね」

「お洋服もそうだけど、あの人たちに出会えて嬉しかったわ」

「絶対また来ましょう」

鞄からお洋服を取り出して眺める。待ち望んだ〝ラフネーザ〟の服……。しかもこの世でたった一着しかない、あたしだけのワンピースだ。涙が出るほど嬉しかった。競うように友人たちとコーディネートを考える。オシャレ談義に花を咲かせ、楽しい気持ちで帰路に就いた。

第一章　藍染めの布

「ラフさん、針と糸を出しました。次は何をすればいいですか？」

「ああ、ありがとう。じゃあ、この布をしまってくれないか？　ネイルスも一緒に頼む」

「「は〜い」」

今、私はロファンティの街に来ている。でも、〝重農の鋤〟の仕事ではない。ラフさんのお手伝いだ。冒険者稼業をお休みしてから、週に数日仕立て屋をしている。ギルドの仕事がないときは、私もお手伝いさせてもらっていた。

「さて、俺は頼んでおいた布を受け取ってくる。少し店番しといてくれ」

「わかりました。気をつけて行ってきてくださいね」

「もう気をつける必要なんてないけどな。でもありがとう」

手を振って見送る。後ろを振り返ると、ネイルスちゃんがにやにやしていた。

「どうしたの、ネイルスちゃん。何かおかしなことでもあった？」

「いや、ウェーザお姉ちゃんたちは本当に仲が良いなぁと思って」

「もうからかわないでよ」

「だって嬉しいんだもーん」

ネイルスちゃんはくるくる回りながら喜んでいる。かわいいなと思っていたら、ラフさんにお土産を渡すことを思い出した。鞄から一冊の本を取り出す。前に王都へ行ったとき買ってきた物だった。

「あっ、ウェーザお姉ちゃん。その本なに？」

「これはね、お洋服の……」

「すまん、二人ともちょっと手伝ってくれ」

話そうとしたとき、お店の入り口からラフさんの声が聞こえてきた。顔が見えないくらい、たくさんの布を抱えていた。まるで小さな山を持っているみたいだ。

「はい、すぐ行きます！　って、今回もたくさん届きましたね」

布はロファンティの周辺国や、さらに遠方の国からも届く。ルークスリッチ王国はもちろん、北の険しい山々を越えた先にある巨大な帝国、西にあると言われる砂漠に囲まれた公国、南の海に散らばっている海洋諸国群……。布には各地の特色が現れていて、毎回見るのが楽しみだった。

布の山を見て、ネイルスちゃんがため息交じりに呟く。

「何回かに分けて行けばいいのに」

「こっちの方が早いんだよ」

山の向こうからラフさんの声が聞こえた。ネイルスちゃんと一緒に布を受け取る。これを全部扱いきれるのだから、やっぱりラフさんはすごいなと思った。

「色も厚さも、生地にはたくさんの種類がありますね。私だったら混乱しちゃいそうです」

「慣れればどうってことないさ。おっと……こういう色だったか」

ラフさんは青い布を持って考え込んでいる。どこか冴えない表情だった。

「どうしましたか、ラフさん。破れたりしてたんですか？」

「いや、布自体は問題ないんだが……想像していた色と違うな、と思ってな。絵で見たよりだいぶ色が薄いんだ」

　そう言って、ラフさんは青い布を広げた。キレイではあるんだけど、たしかに色が薄い気がする。光を当てると向こう側がうっすら透けて見えた。

「そのまま使ったら透け透けのドレスになっちゃいそうだね。恥ずかしくて着られないや」

「染色がうまくいかなかったんでしょうか」

「たぶんそんなところだろう。もっと深みのある青色が欲しかったんだが……これではちょっと使えないな」

　ラフさんはううん……と悩んでいる。今仕立てているドレスは、早め希望のお仕事だ。次の入荷を待ってたら間に合わないかもしれない。

「行商人さんたち、次来るのはいつかなぁ？」

「早くても来月だろうな。さすがにそこまでは待てない。仕方がない……明日にでも直接買いに行ってくるか」

「良い色が見つかればいいね」

（そうだ、このお土産が役に立つかもしれない）

「あの、ラフさん。これどうぞ」

　一冊の分厚い本を差し出した。

「ん？　なんだ、これは。ずいぶんと分厚い本だな」

「王都で買ってきたお洋服の本です。色んな国の服に関する伝統文化が載っているみたいです。ラフさんのためになるかなと思いまして。もしかしたら、良い青色の染色法とかが見つかるかもしれません」

「それは素晴らしい土産だ！　ありがとう、さすがはウェーザだな」

ラフさんは嬉しそうにページをめくる。喜んでいる顔を見ていると、こっちまで嬉しくなってきた。

（買ってきて良かったな）

二人で本を眺めていると、東にある島国〝ジャッパン〟のページが出てきた。その名前を見たとき、私たちは驚きのあまり固まってしまった。

「「ジャ、〝ジャッパン〟……！」」

ここからずっと東へ行ったところに、その国はあるらしい。何人たりとも侵入を許さない、言わずと知れた修羅の国だ。それでも、あまりのすごさからウワサが少しずつ届いていた。ラフさんが思い出したように叫ぶ。

「む、昔聞いたことがあるぞ！　庶民も貴族も黄金に身を包み、釜茹でにされるのが趣味らしい！　それも毎日だそうだ！」

「「ええ⁉」」

私たちもお風呂には入るけど、釜茹でにされるほど熱いのは遠慮したい。しかも毎日入るなんて、〝ジャッパン人〟はどんなに頑丈な体をしているのだろう。そして、ラフさんの話を聞いて私もウワサを思い出した。

「わ、私も聞いたことがあります！　国民たちは全員、音もなく走れたり水中にいつまでも潜れたりと、飛び抜けた身体能力を持っているらしいです！」

「「ええ!?」」

変わった人たちかと思いきや、その身体能力はずば抜けている。おまけに、魔法とは違う特殊な術も使えるようだ。

「わ、私も〝ジャッパン〟の話は聞いたことあるよ！　人を食べる傘の怪物がいたり、人に化ける狐のモンスターがいるんだって！　しかも〝ジャッパン人〟たちはそれを絵に描いて楽しむらしいよ！」

「「ええ!?」」

聞けば聞くほど危険な話しか出てこない。〝ジャッパン〟は想像以上に修羅の国らしい。だんだん、本に書いてある話も怖くなってきた。

「その〝ジャッパン〟で生まれた技術って、どんな物なんでしょう」

「釜茹でがあるのは間違いないね。もしかしたら、モンスターの血で染めてたりして」

「なんだか怖いな。危ない技術じゃなければいいんだが」

みんなでそぉっとページをめくると思わず息を呑んだ。見たこともないくらい美しい青色の衣服が描かれている。

「あっ、ラフさん！　青い布の絵が描いてありますよ！」

「すごいキレイだね。美しさだけじゃなくて威厳まで感じるよ」

「ほんとだな……しかし、これはなんだ？　ふむ……藍染めというのか」

「『藍染め……』」

さらに次のページには細かい作り方が説明されていた。絵と一緒に文が書いてあるので非常にわかりやすい。

「初めて見る技法だ。〝ジャッパン〟にはこんな技術があるのか。きっと、モンスターに襲われながらも懸命に生み出したんだろう。大したものだ」

「どうやら、染めた時間によって青色の濃さが変わるみたいですね」

本には藍染めのやり方も詳しく書いてあった。

「ほぅ、蓼藍《たであい》という植物から色を取り出すのか。ずいぶんと美しい青が出る植物なんだな」

「藍染めした衣服は、火傷や虫刺されも治すって書いてありますよ。まるで着るお薬みたいですね」

「そんな効果まであるのか。ますます気に入ったぞ」

蓼藍から取り出した染料には特別な効能があるらしい。〝ジャッパン人〟たちはよく発見したものだ。

（これもモンスターに襲われながら作ったのかな）

ラフさんじゃないけど感心しきりだった。

「ほ、ほら、やっぱり釜茹でしてるよ。怖いなぁ」

ネイルスちゃんは布をぐつぐつ茹でている絵を見て震えていた。

「心配するな、ネイルス。布を染めるときは茹でることもよくある。これもきっとそうだ。見たところ危なそうなところはないし、一度やってみよう。こんなにキレイな青色の布が使えたら客も喜ぶ」

「そうですね、まずはやってみましょう。天気もしばらく晴れなので、乾燥もうまくできるはずですよ」

「うん、私も手伝うよ。見てるだけじゃつまんないから。それに、ウェーザお姉ちゃんたちがいれば何があっても大丈夫だし」

ネイルスちゃんも力強く拳を握っていた。

「じゃあ、みんなで藍染めだ！」

「「おおおー！」」

さっそく本を読んで情報を集める。材料や道具、染め方などが詳しく書かれていた。ギルドにある道具を工夫すれば私たちでもできそうだ。

「さて、まずは蓼藍を手に入れないとな。だが、こんな植物見たことないぞ」

「この辺りに生えているといいんですが……」

蓼藍は茎の先に実のような蕾がいっぱいくっついている。濃いピンク色のお花だ。しかし、このような植物は〝重農の鋤〟でも見たことがなかった。

「行商人に頼んでみるか？　だが、採りたての葉の方がよく染まると書いてあるな」

「できれば自生しているものを使いたいですね。〝ジャッパン〟の植物だから珍しい植物なんでしょうか。ねえ、ネイルスちゃんはこの植物見たことある？」

ネイルスちゃんを見ると、顎に手を当てて考え込んでいた。まるで何かを思い出すように。見たことないくらい真剣な表情だ。あまりの真剣さにラフさんもたじろいでいた。

「ど、どうした、ネイルス」

「私……この植物見たことある」

「え⁉　ほんと、ネイルスちゃん⁉」

「見たことあるだって⁉」

まさかネイルスちゃんが見つけているとは思わなかった。当の本人は蓼藍の絵を見ながら、うんうんとうなずいている。

「……うん、やっぱりそうだ。バーシルちゃんとお散歩しているときに見つけたの。食べてみたらすごく苦かったからよく覚えているよ」

「そうだったのか。それで、どこにあるんだ？」

「ギルドの近くにある森の中に生えていたよ。少し奥の方だけど。本当にまずかったから動物も食べたりしてないいんじゃないかな」

「じゃあ、明日採りに行こう。今日はもう遅いからな」

翌日、ギルドの仕事を終えた私たちは森へ行く準備をしていた。事情を話すと、アグリカルさんも快く送り出してくれた。

「蓼藍はこの小さな鎌で刈り取ろう。採取した物はこのカバンに入れれば大丈夫そうだな」

「たくさん採れるといいですね」

「ちょっとした遠足みたいで楽しみだねぇ」

目的の森は、農場のさらに奥だ。途中、みんなで歩いているとバーシルさんがやってきた。

『勢揃いしてどうしたんだ、お前ら。これからどっか行くのか？』

「この前、バーシルちゃんとお散歩したときに見つけた植物を採りに行くんだよ。ほら、あのすっごい苦かった葉っぱ覚えてる？　蓼藍っていうんだって」

『ああ、あれか。たしかに、めちゃくちゃまずかったな。ひょっとして、美味い飯の作り方がわかったのか？』

バーシルさんは嬉しそうにハッハッとしている。ラフさんが呆れたように話した。

「違うぞ、バーシル。葉を染め出すと美しい青色が採れるんだ。俺は青い布が欲しいんだが、なかなか見つからなくてな」

「みんなで染めてみようという話になったんです。〝ジャッパン〟の技術に藍染めというのがありまして……」

『なにぃ、〝ジャッパン〟だとぉ⁉』

修羅の国の名前を出したら、バーシルさんが勢い良く食いついてきた。

『〝ジャッパン〟のウワサなら俺様も聞いたことがあるぞ。ますます面白そうじゃないか。せっかくだから一緒に行ってやる』

「別にいいよ。お前が来たらうるさくなるし」

『こら！　うるさくなるってなんだ！』

ラフさんが適当にあしらうと、バーシルさんがプンスカしだしてしまった。すかさずネイルスちゃんが間に入る。

「まぁまぁ、バーシルちゃんも一緒に行こうよ。その方が確実だし。でしょ、ウェーザお姉ちゃん」

「え？　う、うん、私もそう思うわ」

いきなり私にふられたので、たどたどしい返事になってしまった。

「まぁ……ウェーザたちがそう言うのならしょうがないか。バーシル、お前も一緒に来ていいが、はしゃいで植物を台無しにするなよ」

『いくら俺様でもそんなことはしないさ』

そんなこんなで、バーシルさんも一緒に行くことになった。

『ああ、そうだ。〝ジャッパン〟と言えば、尻尾が九本も生えている化け物がいるらしいな。だが、俺様にとっては敵じゃない。なぜなら、俺様はどんな生き物より強いシルバーワーグで……』

楽しそうにペチャクチャ喋るバーシルさんは、いつものように微笑ましい。〈砂金小麦〉や

〈太陽トマト〉の畑を通り過ぎ、小一時間ほどで目当ての森に着いた。ここの樹木は農場近くの木々より背が高い。上の方は葉っぱが茂っているけど隙間が多いし、下の方はあまり生えていない。そのおかげもあってか、樹の下を歩いていても日が差し込んで明るかった。これならネイルスちゃんたちも安心してお散歩できるだろう。進むにつれて地面には下草が増えてきた。

「この辺りか、ネイルス？」

「うん、ここら辺だったと思うよ。いや、もうちょっと先かな」

『ああ、もう少し向こうだった気がするぞ。大きな木の下に生えていたはずだ』

二人に付いて行くと、さらに巨大な木が出てきた。その下には眩しいくらいに濃いピンクの花が咲いていている。

『「あった！　あれだ！」』

「お、おい、そんなに走ると危ないぞ」

「ちょ、ちょっと待って」

真っ先にネイルスちゃんとバーシルさんが駆けだした。私たちも慌てて後に続く。そこには探していた植物がいっぱい生えていた。鮮やかな緑の葉っぱに、はっきりとしたピンクのお花。本で見たのとそっくりだ。

「ほら、これだよ、お兄ちゃん！　見て見て！」

『どうだ、俺様を連れてきて良かっただろう！』

「よくやったぞ、二人とも」

「ありがとう、ネイルスちゃん、バーシルさん」

私たちがお礼を言うと、二人はにんまりしていた。ラフさんは慎重に植物を観察する。

「これが蓼藍か。たしか、本に見分け方が書いてあったな」

「えーっと……指で葉っぱをすりつぶすと指先が青くなるって書いてありますね」

「よし、確かめてみよう」

ラフさんと一緒に葉っぱをぐりぐりと擦《こす》り合わせる。少し擦っただけで指先が青くなった。この植物が蓼藍で間違いない。

「うわぁ、ほんとに青くなるんだねぇ」

『こんな植物があるんだな。俺様も初めて見たぞ』

「よかった……やっぱり蓼藍でしたね、ラフさん」

森の中を歓声が包んだ。ラフさんも嬉しそうな様子だ。

「ああ、良く染まる気がするぞ。これもみんなのおかげだな」

まずはお試しということで、少しだけ刈り取ってきた。良さそうであれば、またみんなで採りに来る。もちろん、森に悪い影響が出ないくらいの量だ。藍染めの場所として、ギルド前のスペースを貸してもらった。

「うまく染まるといいですね」

「そうだな。では、藍染めを始めるか」

私たちはドキドキしながら準備を始める。

「ふむ、まずは布をよく洗うのか。どうやら、下準備が特に大事らしい」

「私も洗うの手伝います」

「私も～」

　ラフさんと一緒に大きな布を洗う。買ったままだと細かい汚れやのりがついていたりするので、事前に落とすのだ。ざぶざぶ洗うのは気持ちよくて、思いのほか楽しかった。

「次は蓼藍の葉から色を取り出す作業だな。フランクに貸してもらった乳棒と乳鉢を使おう。すりつぶすのは俺がやるから、ウェーザとネイルスは乳鉢を押さえておいてくれ」

「は～い」

「わかりました。しっかり支えておきますね」

　ラフさんが力強く葉っぱをすりつぶしていく。乳鉢がグラグラしないように、気をつけて押さえる。ネイルスちゃんの力が意外と強くて安心した。乳棒が動くたび、だんだん葉っぱが擦り切れていく。途中、ぬるま湯を少しずつ加えていると、黄緑色の液体になってきた。

「なんだか、葉っぱをすりつぶしたときと色が違いますね」

「青くないね、お兄ちゃん。どうしたんだろ、やり方を間違えたのかなぁ？」

「いや、これで正しいようだ。乾燥すると青くなるみたいだな」

　ラフさんと一緒に本を読みながら作業する。蓼藍に含まれている色の成分は、空気に当たると青色になるらしい。

「ほんとだ……それにしても、〝ジャッパン人〟たちはよくこんなことを発見しましたね」

「そうだよなぁ。俺だったら液体が黄緑なだけで諦めてしまいそうだ」

「きっと感受性豊かな人が多いんだろうね」

布で濾《こ》して葉っぱの欠片を取り除いた。これで下準備はおしまいだ。黄緑の液体に白い布を浸してよく揉みこむ。繰り返していると、少しずつ色が青く変わってきた。

「あっ、ラフさん！　青くなってきましたよ」

「へぇ、これは面白いな。蓼藍が手に入ればまた染められるし、なかなか良い技法だ」

「私の爪まで青くなってきちゃった」

『どれどれ、うまくいっているみたいだな。出来上がったら俺様も見てやるぞ』

バーシルさんは自慢の毛が青くなるのが嫌なんだろう。私たちよりちょっと離れたところにいた。それでも、尻尾がふりふりしているので興味津々なことはよくわかる。

「さて、一度広げてみるか。染まり具合を確認しよう」

「どんな色になるか楽しみです」

『俺様も手伝ってやるぞ』

「じゃあ、バーシルちゃんはここをくわえてね」

みんなで布の端っこを持ち、思いっきり広げてみる。布は澄んだ青色に染まっていた。雲一つなく晴れた青空を想像させる。予想以上に素晴らしく、思わず感嘆の声があふれた。

「これは見事な色合いだ……」

「うわぁ！　すごいキレイですね！　こんな色は見たことありませんよ！」

「私も！　あの葉っぱから染め上がるなんてすごいねぇ！」

『植物にもこんな使い方があるんだなぁ！』

王都でも見かけないくらい素晴らしい美しさだ。こんな青色はなかなか見かけない。ラフさんも満足気に布を眺めていた。

「これでも十分素晴らしいが、もう少し濃い青色を目指してみよう」

「色を濃くするには、液につける時間を長くすればいいみたいですね。何度か液に浸せばできそうです」

藍染めなんてやったことはなかったけど、本には細かく書かれている。手順通りにやれば、どうにかできた。バーシルさんもさっきより近くで私たちを見ている。ふと、気になっていたことを呟いた。

「〝ジャッパン人〟たちは仕事が細かいですね。手順一つ一つから、彼らの真剣さが伝わってくるようです」

「きっと、彼らを取り巻く境遇がそうさせているんだ。なんといっても修羅の国だからな。生半可なことじゃやっていけないんだろう」

「少しでも気を抜くと怪物に食べられちゃうんだろうね。怖いなぁ」

『俺様は別に怖くないぞ。シルバーワーグの方が強いに決まっている』

何回か藍染めを繰り返すと、初めは白かった布が深い藍色になった。まるで夜空を切り出したような色合いで、見ているだけで吸い込まれそうだった。

「俺はこういう色が欲しかったんだ。イメージしていたのとピッタリだ」

「見ているだけで気持ちが落ち着くよ」

「上手く染まって良かったですね、ラフさん」

「ウェーザやネイルス、そしてバーシルのおかげだな」

ラフさんも嬉しそうに喜んでいる。あとはしっかり乾燥させれば完成だ。

(明日の予報はもうしてあるけど……)

「では、念のためもう一度明日の天気を予報してみますか？」

「ああ、頼むよ、ウェーザ」

「私もウェーザお姉ちゃんのスキル使うところ見る！」

「ちょっと待っててくださいね」

空を見ながら意識を集中する。風の流れる様子や雲が生まれる様子など、未来の空模様が見えてきた。明日は薄雲がかかる。天気が崩れる合図だけど、この雲自体は雨を降らさないから大丈夫だ。もしかしたら、太陽の周りに暈《かさ》が出てきてキレイかもしれない。

(天気は人々の生活と密接に関わっている……)

【天気予報】スキルを使うたび、私はそんな気持ちになった。

「明日は曇りですが雨を降らすことはありません。空は白くなりますけど、薄い雲なので太陽の光はしっかり通してくれます。安心して干しましょう」

「よし、ウェーザが言うなら大丈夫だ」

「ウェーザお姉ちゃんは頼りになるねぇ」

みんなで協力して物干し竿に布を干す。藍色の布は気持ちよさそうに風になびいていた。

（上手くいって良かった）

ラフさんの問題を解決できてホッとした。

「完成したら、どんな色になるんだろうな」

「今から楽しみですね」

「もっとキレイになると思うよ」

『俺様にもちゃんと見せるんだぞ』

しばらく風に揺れる布を眺めてからみんなと合流し、日々の農作業を再開した。今日は〈清涼ニンジン〉の種蒔《ま》きをする予定だ。食べると涼しい風が全身を吹き抜けるようなニンジンで、解熱薬としても使われていた。土は昨日までに耕してあったので、すでに専用の畝《うね》も完成している。真ん中の溝に種を一定間隔でポツポツと置いていく。ギルドに来たばかりのときは、こんな感じで大丈夫ですか？　と確認することも多かったけど、今ではすっかり自分で判断できるようになっていた。畝の真ん中辺りで種を蒔いたとき、ちょうど誰かの手にぶつかってしまった。

「ごめんなさい！　……あっ、ラフさんでしたか」

下ばかり見ていたので、近づいていることに気づかなかったみたいだ。

「すまん、こちらこそ悪かった。痛くなかったか？」

「ええ、大丈夫です」

大丈夫と言いつつ、私の手は少し赤くなっていた。思ったより勢い良く当たってしまったらしい。

「ウェーザ、手を見せてくれ。赤くなっているぞ」

「こ、これくらい平気ですよ」

「いいから」

有無を言わさず、ラフさんは私の手を取りまじまじと観察する。ふと顔を上げると、ひたむきな表情に息を呑むほど緊張した。目が離せなくて吸い込まれるように見ていると、ラフさんと視線がぶつかった。ラフさんも顔を背けることはなく、私たちは互いに見つめ合う。高鳴る胸の鼓動で何も聞こえなくなり、身体がじんわりと熱くなってきた。話さずともラフさんと心が通じ合っているようで、ドキドキしつつも言葉では言い表せない高揚感を抱く。心が満たされてきた瞬間、バーシルさんの騒ぐ声がして緊張の糸がぷつりと切れた。

「す、すみません。ジッと見てしまいまして……」

「あ、いや、俺も見すぎてしまった……」

ドギマギしつつも深呼吸していると、心臓の鼓動も落ち着いてきた。

「二人で蒔けば、すぐに終わりそうですね」

「ああ、そうだな」

ラフさんと一緒に作業できると思うと、それだけで嬉しい。そう思っていたら、ラフさんがスッと立ち上がり、畑の奥に歩きだした。

「……俺はフレッシュたちの方を手伝ってくる。ここはウェーザに頼んだ」

「あっ、ラフさん」

呼び止めたけど、ラフさんはサクサクと私から離れていく。ちょっと寂しかったけど仕方がない。みんなで手分けしてやらないと日が暮れてしまう。気持ちを新たに種蒔きを再開するも、吹き抜ける風がやけに冷たかった。

翌朝、ギルドの仕事を終えて仕立て屋に行くと、昨日藍染めした布でラフさんが手際よく服を作っていた。

「何を作っているんですか？　あっ、注文にあったドレスですね」

「いや、ドレスではない」

「え、そうなんですか？」

言われてみれば、頭の入りそうな丸みがある。つばの広い帽子だった。

「今作っているのは日よけ帽子だ。これくらいの濃さまで染めたら、太陽の光も遮れると思ってな」

なんとなく、ラフさんはワクワクしている。眺めていたら、そんなラフさんをもっと間近で見たくなった。

「出来上がるまで見ててもいいですか？」

「別に構わないが……楽しくもなんともないと思うぞ」

「いえ、私にとってはすごく楽しいですよ」

椅子を持ってきて近くに座る。たまに仕立て屋の仕事を見せてもらうことがあった。ラフさんが手を動かすたびに、布は帽子の形になっていく。魔法がかかっていくような不思議な光景で、見ているだけで胸が躍った。

「ウェーザ、ちょっと頭を上げてくれるか？」

「は、はい、頭ですか？」

突然、ラフさんに声をかけられた。慌てて頭を上げる。ラフさんはジッと私を見たかと思うと、再び裁縫に戻った。

（ど、どうしたんだろう）

疑問に思いつつも、ラフさんの手仕事を眺めていた。

「よし、もう大丈夫だ。ほら」

「え？」

ラフさんがスッと帽子を差し出す。

「この日よけ帽子はウェーザのために作ったんだ。受け取ってくれ」

「わ、私にくださるんですか!?」

まさか、私の帽子だとは思わなかった。さっき頭を上げて、と言われたのは仕上げのためだったのだ。

「でも、初めて染めた布だからもっと良い品を作った方がいいんじゃ……」

「いや、ウェーザのおかげで素晴らしい青の布ができたんだ。これはちょっとしたお礼の気持ちだな。ぜひ、受け取ってほしい」

「ありがとうございます。そういうことでしたらありがたくいただきます。すごく嬉しいです」

みんなで藍染めした帽子は、穏やかな夜空から生まれたみたいだ。見ているだけで気持ちが落ち着いていく。手触りも柔らかいのだけど、どこか頼りがいのありそうな触り心地だった。

「濃い藍色だからウェーザの赤い髪によく似合うと思うんだ。被ってみてくれ」

「では、さっそく……」

（うわぁ……）

鏡の前に行って、自分の姿を見た瞬間気持ちが高揚していった。赤い髪は帽子を引き立て、帽子は赤い髪を引き立てている。サイズも私の頭にピッタリで、顔が隠れすぎることもない。つばも広いから日よけ効果はバッチリだ。ネイルスちゃんが鏡の中で飛び跳ねているのが見えた。

「ウェーザお姉ちゃん、すごいキレイ！　大きな国のお姫様にも負けないくらいだよ！」

「ありがとう、ネイルスちゃん！」

ラフさんの姿は私に重なって見えない。どんな顔をしているのかすぐに知りたかった。なにより、この素敵な姿をラフさんにも見てほしい。

「こんなに素敵な帽子を作っていただいてありがとうございます、ラフさん！　似合ってますか？」

「う、うむ……そうだな」

笑顔で振り返ったけど、ラフさんは視線を逸らした。顔が赤く険しい表情をしている。

（似合ってないってことかな）

ラフさんの帽子にふさわしい人間じゃなくて申し訳なくなってきた。

「もう……お兄ちゃんは肝心なところで怖じ気づくんだから。はっきりキレイだよ、見惚れちゃうよ、って言えばいいのに」

「こ、こら、ネイルス！　余計なことを言うんじゃない！」

「余計なことじゃなくて事実でしょ～」

「っ!?」

ネイルスちゃんが呆れた様子で言う。ラフさんは大慌てで追いかけまわしていた。

「ラフさん、本当にありがとうございます。心があったかくなる帽子です。大切に毎日使わせていただきますね」

「ああ、気に入ってくれたら良かった。雨避けのまじないをかけてあるから、弱い雨くらいなら防げるはずだぞ」

「被るたびにみんなで藍染めした楽しい思い出が蘇りそうです」

（これなら農作業にも使えるわ。あっ……）

ふと、帽子からうっすらと土の香りがしてきた。

「ラフさん、帽子から土のような香りがしてきましたよ！」

驚いて言うと、ネイルスちゃんもお鼻をくんくんさせてきた。

「えっ……ほんとだぁ。不思議」

「藍染めにはそういう香りもあるようだ。これが虫よけになるみたいだな」

「へぇ、そうなんですか」

帽子を被っていれば、いつも畑にいるみたいで気持ちが落ち着く。その日から、農作業をするときは帽子も被ることにした。

「さて、ギルドに帰ってあいつらの仕事を手伝うか」

「せっかくだから、このまま被って帰ります」

「きっと、みんなすごく驚くよ」

仕立て屋の仕事を終え、ギルドに戻る。バーシルさんも私たちを見かけると、勢い良く走ってきた。

『ウェーザ、その帽子はなんだ⁉　すごくキレイな色だな！』

「ラフさんが作ってくれたんです」

『なんだって⁉　おい、ラフ！　俺様にもなんか作ってくれ！　スカーフとかがいいな！』

バーシルさんはラフさんに飛びかかる。興奮して息が荒かった。

「今抱えている仕事が一通り終わったらな。ひと月はかかるかもしれんが」

『そんなに待てんぞ！』

「まったくわがまま言わないでくれよ、バーシル」

バーシルさんは嬉しそうにラフさんの周りを走っている。微笑ましい光景だった。昨日蒔いた〈清涼ニンジン〉の種に水をやっていると徐々に日が暮れてきた。今日の仕事はおしまいの時間だ。みんなでギルドへ向かう。

「今日は日差しも強かったし疲れたな。俺たちは晩飯まで部屋で少し休んでくるよ。また後でな、ウェーザ」

「またね、ウェーザお姉ちゃん」

「はい、また後で」

ラフさんたちと別れ、パタリと自室の扉を閉じる。

「さてと……」

部屋に戻ってからも、しばらく帽子を被っていた。もちろん、太陽の日差しは特に強くないし被る必要もないのだけど、まだ被っていたかった。そよ風が窓から入ってきて顔を撫でる。帽子もふらふらと揺れていた。

「ラフさんは……本当に素敵な人だな……」

言うつもりがなくても、ポツリと言葉が出る。空は藍染めみたいに濃い青色になってきた。もう一度帽子をふわりと撫でる。その手触りは、幸せが形になったようだった。

第二章 王国の晩餐会

「アグリカルさーん、〝重農の鋤〟宛てに手紙が届きましたよ。ずいぶんと立派な文書のようです……って、ルークスリッチ王国からです！」

ある日の昼下がり、ギルドの酒場で休んでいたときだ。フレッシュさんが一通の手紙を持ってきた。シーリングスタンプには王国の紋章である、剣と盾のマークが刻まれている。

「ルークスリッチ王国から手紙ぃ？　ウェーザ宛じゃないのかいね」

「いえ、〝重農の鋤〟宛てですよ。アグリカルさん、読んでください」

あの後も、ディセント様はたまにお手紙をくださっていた。次期国王としての仕事も少しずつ任されているようだ。

「ふーん、なんだろうねぇ」

アグリカルさんはびりびりと手紙を破き、そのまま読み上げていく。

「えー……『拝啓、〝重農の鋤〟殿。咲き誇る花からはかぐわしい香りを感じ、心華やぐ季節になってまいりました。次の満月を迎える頃、国を挙げての晩餐会が開かれることになりました。そこで、貴ギルドの素晴らしい作物を使った料理を出したいのです。ぜひ、私たちに作物を分けていただけませんか？　ルークスリッチ王国　第二王子・ディセント』……こりゃすごいよ、宮殿の料理にアタシらの作物を使いたいんだってさ！」

「「え、ほんとですか!?」」

アグリカルさんは嬉しそうに叫ぶ。

「ぼ、僕にも見せてください。王国から直々に頼まれるなんて滅多にないですよ。しかも、正式な晩餐会と言ったら大変な名誉です！」

「私も見たいです。ギルドの作物が王宮で使われるなんて、これ以上ないほど嬉しいです！」

アグリカルさんから手紙を受け取った。フレッシュさんとわくわくしながら読んでいく。ラフさんも後ろの方からこっそり覗き込んでいた。

（ディセント様は字がキレイだなぁ……あれ？）

下の方に追伸が残っている。

「アグリカルさん、まだ手紙は続いているみたいですよ。追伸があります」

「ほんとかい、ウェーザ。読んどくれ」

「はい……『追伸、〝重農の鋤〟の皆さんもぜひご参加ください。私の方から紹介させていただきますので。あなたたちが来てくださったら、晩餐会はさらに盛り上がるでしょう』……です」

「ふーん、アタシらも晩餐会に呼ばれてんのかぁ…………なんだって⁉」

追伸を読み終わったとたん、アグリカルさんは目を見開いた。ただでさえ大きな目が顔から零れそうになっている。フレッシュさんが嬉しそうに話しかけた。

「いやぁ、これはすごいことですね。作物だけじゃなくて、ギルドメンバーまで呼ばれるなんて……。〝重農の鋤〟が色んな人に認められるまたとない機会ですね」

「そうですよ。私も皆さんにはぜひ一度ルークスリッチ王国に来てほしかったんです。ここにも負けないくらい緑豊かで素晴らしい国なんですよ」

「俺もウェーザの護衛で何度か行ったことがあるが良いところだったぞ」

　私たちはアハハと笑っているのに、アグリカルさんは固まっている。と、思ったら、その顔をたらりと汗が伝った。

「王国の晩餐会ってことは貴族がわんさかいるんだろ⁉　互いに牽制して権力を奪い合うんだろ⁉　そんなところにいたら干上がっちまうよ！」

「「え」」

　アグリカルは固まったと思ったら騒ぎ出した。

「アタシは貴族社会なんてウワサでしか聞いたことがないけどね！　すこぶる恐ろしい社会だって聞いているよ！　おまけに、みっともない服を着ていたら捕まるんだろ⁉」

「お、落ち着いてくださいよ、アグリカルさん。そんなことするわけないじゃないですか」

　慌てふためくアグリカルさんを、フレッシュさんが冷静にたしなめる。

「とはいってもねえ、アタシらは貴族でも何でもないんだよ。もちろん、ウェーザは別だけどさ。服も作業着しかないし、食事のマナーもよく知らないしねぇ」

　アグリカルさんの気持ちも痛いほどよくわかった。貴族と聞くと、それだけで堅苦しくてとっつきにくいイメージがある。でも、王国と行き来していてわかったけど、ディセント様の周りに集まるのは偏見がなくて、国民一人一人と公平にかつ丁寧に接する貴族ばかりだった。

「ディセント様はお優しい方ですから、服装なんか気にしないと思いますよ。食事のマナーだって私がお教えします。やってみれば、そんなに難しくないですよ」

「向こうだって俺たちの事情は知っているだろう。それに、俺がかっちりした服を仕立ててやるさ」

「ほ、ほんとうかい？　それなら大丈夫そうかね……まったく、あんたらは頼もしいよ。おかげでちょっとばかし不安が消えたさね」

アグリカルさんは私たちに抱き着く。大げさに泣くふりをしていた。

「まぁ、服やらマナーやらはどうにかするとして、まずは作物を選別しないとな。少し長い距離を運ぶことになりそうだから、長持ちするような道具を作ってくれ」

「アグリカルさんが作った道具なら新鮮なままで運べますよ。ギルドマスターの力の見せ所ってヤツですね。何だったら僕もお手伝いします」

フレッシュさんは見ているだけで元気になるような晴れ晴れとした表情で、誇らしげにドンッ！　と胸を張っている。グッと力こぶを出して、私たちを笑わせてくれた。

「ああ、そうだね！　任せときな！　とっておきの保存容器を作ってやるさ！」

ひとしきり笑うと、アグリカルさんはすぐにいつもの快活さを取り戻した。その様子を見て、フレッシュさんが安心したように話す。

「やっぱり、アグリカルさんは騒がしい方が似合ってますよ」

「こら！　騒がしいってどういうことだい！」

「いや、元気って意味ですって！」

　アグリカルさんがフレッシュさんを追いかけ回すのは、〝重農の鋤〟らしい長閑《のどか》で心が和む光景だ。その日から、晩餐会に持っていく作物をみんなで選ぶことになった。

「フレッシュさん、王国にはどんな作物を持っていきましょうか」

「そうだなぁ……〈太陽トマト〉はぜひ食べてもらいたいね。何と言っても、ギルドで一番人気だから」

「味ももちろんだが、できるだけ日持ちする作物にしたいな。アグリカルが保存容器を作ってくれているらしいが」

　作物の選別はフレッシュさんが執り行っている。アグリカルさんは特別な入れ物を用意してくれているようだ。

「みんな、これを見とくれ！　運搬用の保存箱さ！」

　三人で話し合っていると、アグリカルさんが小さい箱を持ってきた。見た所、普通の金属の箱にしか見えない。真っ先にフレッシュさんが興味深そうに取った。

「これが保存箱ですか。アグリカルさんのことですから、何か特別な能力がありそうですね」

「ああ、こいつはすごい力を持ってんのさ。ちょっと見てごらん」

　アグリカルさんが箱を開ける。すると、中から凍った〈太陽トマト〉がころりと出てきた。

「「え!?　野菜が凍ってます！」」

「ほぅ、こいつはすごい……」

〈太陽トマト〉はカチンコチンになっていて、触ると自分の指まで凍りそうになった。

「アタシの魔力を込めておくと、入れた作物を凍らせることができるのさ。これなら鮮度を保ったまま運べるはずだよ。もちろん、まだ試作型だけどね」

作物を凍らせる箱など王都でも見たことがない。こんな物まで作ってしまうなんて、やっぱりアグリカルさんはすごい。彼女の製作した農具には、それこそ多種多様な力がある。耕すだけで土の栄養を増やせるクワだったり、作物の切り口が保護される鎌や、作物を凍らせる今回の保存箱……。もしかしたら、アグリカルさんは自分の魔力を道具に込めると、色んな属性や効果を付与できるのかもしれない。王国で勉強した魔法の知識を思い出していたら、フレッシュさんが納得したように手を叩いた。

「そうか！　作物は凍らせれば長く保存できるのか！　僕は全然気づきませんでしたよ」

「もう少し改良を重ねれば保存時間も延ばせると思うよ。王国にはなるべく美味しいまま持っていきたいからね」

「さすがはギルドマスターだな。だが、凍らせるとまずくなる野菜もないか？　昔、氷魔法が当たったジャガイモを食べようとしたことがあるが、食感も味も最悪だったぞ」

ラフさんはしかめっ面をしながら言っていた。どうやら、単に冷凍すればいいわけでもなさそうだ。

「大丈夫だよ。作物の特長に合わせた保存箱を作るからね。それに、根菜や葉物野菜は炒めたりして、事前に処理をしとけば凍らしても平気さね」

「なるほど、それなら安心だな」

ギルドの人たちはみんな作物を本当に大事にしている。そんな気持ちがあるから、こういう素晴らしい技術が生まれるような気がした。

「じゃあ、アタシは保存箱の改良をしてくるよ。選別の方はよろしく頼むね」

「「はーい」」

そう言って、アグリカルさんは鍛冶場へ向かっていった。さて、とフレッシュさんが作物に向き直る。

「メイン料理として使える物、前菜に出せそうな物、あとはデザートに使える物を選んでいきたいな。王国の晩餐会ならコース料理が出てくるだろうからね」

「果物ならすりつぶして、ジュースみたいにしてもいいかもしれませんね。新鮮な味が楽しめると思います」

作物からお料理を予想するのはなかなかに難しかった。フレッシュさんとラフさんも野菜を手に取りながら考えを巡らしている。

「まぁ、そのあたりは向こうの料理人が考えてくれるだろう。だが、なるべく調理しやすい物にしよう」

「私はこれを持って行ってほしいな」

みんなで知恵を絞っていたら、ネイルスちゃんが小さなイチゴを持ってきた。

「ああ、〈弾《はじ》けイチゴ〉。おいしいよね」

「ネイルスはそれがお気に入りだよな」

〈弾けイチゴ〉はその名の通り、種を噛んだらパチパチと弾けるイチゴだ。その不思議な食感に人気があった。

「僕はぜひとも〈微笑みカボチャ〉を食べてもらいたいね。今までこんなにおいしいカボチャは食べたことがないよ。ふかしてもいいし、スープにしても美味しくできるはずさ」

「だったら、俺は〈さくさくアスパラガス〉を勧めたいところだ。歯ごたえ抜群だからな。きっとみんな驚くぞ」

互いに持っていきたい作物を議論し合うのは、それぞれの思い入れも知ることができて楽しい時間だった。王国へは、みんなが好きな食べ物をメインに持っていくことに決まった。

「実際に運ぶ前に、冷凍しても味が変わらないかフランクに確認した方がいいね。大丈夫だと思うけど」

「ああ、そうだな。念のため頼もう」

作物を並べてみると、街へ運ぶ大きな荷台で二往復分くらいになった。保存箱の大きさにもよるけど、全部運ぶのは大変そうだ。

『おーい、何やってるんだぁ？　なんか楽しそうだな』

集めた作物たちを眺めていると、農場の方からバーシルさんがやってきた。

「王国に持っていく作物を選んでいるんですよ。ギルドが晩餐会に招待されたんです」

『へぇ、そいつはすごいじゃないか。俺様の名声もついにそこまで届いたっていうわけか』

「まったくもう、バーシルちゃんのおかげなわけないでしょ」

ネイルスちゃんにたしなめられながらも、バーシルさんはご満悦といった感じだ。そんな二人の様子をラフさんも温かい微笑みで眺めている。

『さしずめ、その作物は王国への手土産ってところか。だけど、運んでいる間にダメになっちまわないか？　中には腐りやすい野菜もあるだろ』

「アグリカルが凍結技術を作ってくれたんだ。だから、日持ちしない作物でも運べるかもしれん」

『ふーん、そいつは便利な技術だ。ところで、もちろん俺様も連れて行くんだよな』

バーシルさんは期待いっぱいの顔で尻尾をフリフリ振っているけど、ラフさんは至極残念そうに伝えた。

「いや、バーシルは留守番だ。〝重農の鋤〟を守っていてくれ。治安は良くなってきても用心に越したことはないからな」

『なんだ、また留守番かよ～』

「すまないな。あまり大人数では行けないんだ」

そう言いながらも、作物を真剣に選んでいるラフさんを見て、とある疑問が思い浮かんだ。

(そういえば、ラフさんってディセント様のことが苦手なんじゃ……？)

少なくとも大好きではなさそうだ。顎に手を当てう～んと考えていると、ラフさんも気づいたらしい。

「どうした、ウェーザ。なにか考え込んでいるようだが」

「あ、いえ……ラフさんってディセント様のこと、あまりお得意でないイメージがあるのですが、一緒に来ていただいても大丈夫ですか？」

「なんだそんなことか。たしかに、あいつはいけ好かないヤツだ。けど、さすがにそこまで嫌っているわけじゃないさ」

ラフさんはハハハと笑いながら言ってくれた。そうだったんだ、良かった……と安心する。

「ヤキモチは焼くけどね」

「ネイルス！」

作物選びに数日かかったけど、野菜の前処理はフランクさんに教えてもらったこともあり半日でできた。みんなで作物を荷台に詰め込み、落ちないように固定作業などを終えた翌日、ルークスリッチ王国へ出発する朝がやってきた。相談の結果、アグリカルさん、フレッシュさん、ラフさん、そして私の四人で行くことになった。ギルドメンバーのみんなが見送ってくれる。特にバーシルさんとネイルスちゃんは残念そうにしていたけど、笑顔で手を振ってくれていた。

「アタシらがいない間、〝重農の鋤〟を頼んだよ」

「だいぶ治安は良くなってきたが、十分用心してくれよな」

「任せといて！　何があっても私たちが絶対に守るから！」

『俺様がいれば心配することはなにもないぞ。安心して行ってこい』

ネイルスちゃんとバーシルさんはふんっ！　と気合が入っている。そんな彼女らを見ると元気が出てくるようだった。

「ロファンティにいる衛兵にも声をかけておきましたから、何かあったら助けを呼んでくださいね」

「『はーい』」

ギルドが用意してくれた馬車に乗り込む。御者はラフさんとフレッシュさんが担当してくれたので、私とアグリカルさんは作物が落ちないよう支える役割だ。

「「それじゃあ、行ってきまーす！」」

「『行ってらっしゃーい！』」

馬がゆっくりと歩き出し、徐々にギルドが小さくなっていく。

「アタシはなんだかんだ言って楽しみになってきたよ。ウェーザが生まれ育った国だからね」

「僕も楽しみですよ。ロファンティに来てから、外に出ることはほとんどなかったですから。またディセント王子に会うのも楽しみです」

二人はワクワクしている。この旅が楽しい思い出になればいいなと思った。

「とりあえず、ディセントは要注意人物だ」

急に硬い表情になったラフさんを見て、空にアハハという笑い声が響く。私たちは王国への道を踏み出した。

ルークスリッチ王国までは馬車で二、三日ほどだ。ロファンティの外には何本かの大きな川が流れていて、そのうちの西に向かう一本に沿って進んでいく。王国とロファンティの間には〝隔ての森〟という大きな森があり、そこを抜けるのが最短距離らしい。馬車でも通り過ぎるのに半日くらいはかかってしまうので、陽だまりが差し込んでいる開けた場所で昼食となった。モンスターも住んではいるけど、ほとんどが夜行性と聞いたので安心だ。馬車を止めると、アグリカルが指示を出す。

「じゃあ、手分けして木の実やキノコを集めようか。なるべく食料は節約したいからね。アタシとフレッシュ、ラフとウェーザのペアで探すよ」

二手に分かれて森へ入ると、木苺やブルーベリーなどが豊富になっていた。私は木の実を、ラフさんはキノコを採取する。

「ラフさん、木の実やキノコを集めるのは楽しいですね」

農作業とはまた違った楽しさがあって、明るい気持ちでラフさんに話しかける。でも、しばらくしても返事がなかった。

「あの……ラフさん？」

「すまない、ウェーザ。この辺りのキノコは見分けるのが難しいんだ。ちょっと話しかけないでくれ」

「あっ……ご、ごめんなさい」

ややきつめの声で言うと、ラフさんはぷいっと背中を向けてしまった。ちょっとしょんぼりしてしまったけど、木の実集めを再開する。少ししたら食べ物集めは終わったので、アグリカルさんたちと合流してご飯を作る。森の幸は美味しかったけど、その日は心がモヤモヤしていた。

〝重農の鋤〟を出てちょうど三日後、私たちはルークスリッチ王国の宮殿にたどり着いた。

「さあ、皆さん着きましたよ。ここが王宮です」

「「ここが王宮……」」

壁は温かみのあるアイボリーで、アーチ状の窓が等間隔に並んでいる。王宮の前には広いお庭があって、季節のお花がぽんぽんと咲いていた。

「ずいぶんと立派な王宮なんですね。さすがはルークスリッチ王国だ。あっ、ロファンティでは見かけないような花が咲いていますよ」

フレッシュさんは色とりどりのお花に顔を近づけて香りを楽しんでいる。

「へぇ、やっぱり場所が変わると植物も変わるもんだねぇ。このポピーなんかオレンジ色でキレイじゃないか。ちょっと貰ってってもいいかね」

「ダメに決まってるだろうが。おい、そんなにいじると花がかわいそうだぞ」

アグリカルさんもラフさんも、興味深そうにお花を眺めていた。平和を象徴するようで、私もこのお庭は特に好きだった。

「ウェーザは、いつもここで天気予報しているのかい？」

「はい、王国の天気予報をするのはいつも宮殿の仕事部屋でやってますよ。ちょうどあの辺りですね」

王宮の端っこを指す。小さな部屋だけど、窓からは空が広く見渡せるのだ。

「ウェーザさーん！　よく来てくれましたねー！」

歩き出したら、宮殿の入り口から聞き慣れた声が聞こえてきた。同時に、隣にいるラフさんを纏《まと》っている空気が一瞬張りつめたのを感じた。でも、すぐにそのピリッとしたオーラは消えたし、ちらりと垣間見たラフさんもいつも通りの様子だった。気のせいだったかなと、ホッとしつつ私も笑顔で挨拶する。

「ディセント様！　お出迎えしていただきありがとうございます！」

向こうの方から、ディセント様が手を振りながら歩いてくる。ニコニコと優しそうに笑っていた。威厳があるときは王様みたいなのに、こういうときは仲のいい友達みたいな雰囲気だった。

ラフさんとアグリカルさんは、ちょっと硬くなっている。

「こんにちは、〝重農の鋤〟の皆さん。遠路はるばる来ていただき、本当にありがとうございます。お疲れでしょう、荷馬車はこちらでお預かりしますよ」

「あ、ああ、どうも……」

「別に俺はそこまで疲れていない」

ディセント様と〝重農の鋤〟の間には、王国での天気予報を巡っていざこざがあった。国を大切に想うディセント様の気持ちは強く、予断を許さない状況にもなった。でも、ネイルスちゃんの言葉をきっかけに、王国とギルドの両方で天気予報をするという案が思い浮かんで無事に解決できたのだ。そんな揉め事があったわけだけど、ディセント様はもう気にしていないようだった。

使用人に命じて馬車を預かると、笑顔で宮殿の中に案内してくれた。

「これほどの作物を運んで来るのは実に大変だったと思います。連絡してくれれば途中まで迎えに行ったんですが」

「さすがに、そこまでしてもらうのは悪いってもんさ。それに、アタシらは自分の仕事に最後まで責任を持ちたいからね」

「俺たちは日頃から雨も盗賊もきっちり対策しているからな。特に問題なかったさ」

途中雨が降ったり強風が吹いたりしたけど、【天気予報】スキルと保存箱のおかげで作物は無事だった。盗賊や山賊に襲われることもなかった。これもラフさんたちが目を光らせてくれていたおかげだ。

「そうでしたか、それなら安心ですね。では、まずはお茶でもどうですか。王国にも良い茶葉が揃っているんですよ」

「それは楽しみだね。いただこうか」

ディセント様は応接室に連れて行ってくれた。室内はアンティーク調の家具がセンスよく置かれ、シャンデリアの明るさも落ち着いている。壁は焦げ茶色の木がむき出しになっていて床も板張りだ。歩くたびにギシギシ鳴って、どことなく〝重農の鋤〟を想像させた。ディセント様に促され、私たちはふかふかのソファに座る。

「この部屋は皆さんのギルドをモチーフにしたんですよ。家具もなるべく木目を活かしています」

ディセント様は両手を広げて説明してくれた。みんなも感心したようにお部屋を見回している。

「ふ〜ん、なかなかセンスが良いじゃないか。貴族の建物にもこういう部屋があるんだねぇ」

「木の香りもうっすらとしていますね。良い木材を使っていることがわかりますよ、ディセント王子」

フレッシュさんは目を輝かせながら室内を眺めて、天井の木はロファンティの近くに生えているのと同じだな……とか呟いていた。ラフさんも心地良さそうにゆったりとソファに沈んでいる。

「俺もこういう雰囲気の方が落ち着けていいな」

お部屋は大変に好評だった。ディセント様なりの気遣いかもしれない。みんなで話していると、使用人たちがお茶を持ってきてくれた。紅茶がとくとく……とカップに注がれると、芳醇な香りが湧きたった。

「皆さん、これがさっき言っていたお茶です。わが国で一番の銘柄をご用意しました」

「へぇ、紅茶とは珍しいね。ロファンティではハーブティーが主流なんだよ」

「でしたら、お土産にいくらかお渡ししますよ。ぜひ、ギルドの皆さんにも飲んでもらいたいですから」

「どれ、さっそく飲んでみるか」

「「いただきま〜す」」

ラフさんの一言で、みんな一緒にコクリと飲む。

「「おいし〜い」」

ほのかな渋みの中に豊かな甘さがある。いくらでも飲めてしまいそうだ。テーブルに置かれた入れ物のラベルがちらりと見える。いつも王様と王妃様がくれる物よりワンランク上のさらに高価な品だった。

「さて、お疲れのところ申し訳ありませんが、そろそろ晩餐会のお話をしてもいいでしょうか？」

「もちろん、いいよ。そのために来たんだからね」

「ありがとうございます。では、まずは会場にご案内します。作物たちもそちらで拝見しましょう」

　ディセント様に連れられ大広間へ入る。天井は高くて大きなシャンデリアが三つもぶら下がっている。王宮で一番広い部屋だ。アグリカルさんとラフさんはその広さにちょっと圧倒されていたけど、フレッシュさんだけは涼しい顔なので、さすがは貴族の息子だなと思った。

「晩餐会はこの大広間で行う予定なのです。国内外から多数の要人を招待しますからね。あなたたちの作物を使った料理なんて非常に珍しいでしょう」

　片隅のテーブルには保存箱が並べてあった。使用人たちが準備してくれたのだろう。だけど、彼らは少し困った顔をしている。

「『ディセント様、お届けいただいた作物を持ってまいりました。ですが、申し訳ありません。この箱を開けられないのです』」

「ん？　箱を開けられないって？」

「ああ、すまないね。その保存箱を開けるにはアタシの魔力が必要なんだよ。ちょっと貸しとくれ」

アグリカルさんはテーブルの前に行くと箱に手を当てる。その両手がぼぅ……と光り、箱が自動的に開いた。

「ほら、こんな感じさ。この箱は特殊な造りをしていてね、作物を凍らしてきたよ」

アグリカルさんは氷漬けになった〈太陽トマト〉を取り出す。ディセント様はその光景を見て固まった。かと思いきや、ものすごく驚いた。

「こ、これは中に入れた物を凍らせることができるのですか⁉　そんな技術見たことがありませんよ！」

「そこまで驚くことかねぇ。アタシにとっては朝飯前だよ」

「なんて素晴らしい技術なんだ！　ぜひ、わが国の鍛冶師にも教えていただけませんか？」

ディセント様は周りの人を弾き飛ばすくらいの勢いでアグリカルさんに歩み寄る。

「ま、まぁ、そこまで言うなら別にいいけど。技術は人のためになってこそだからね」

「ありがとうございます！　これで国内の流通もスムーズになりますよ！　では、すぐにでもわが国の鍛冶師へ指導していただく日取りを決めたいのですが……！」

アグリカルさんは食いつかれるように迫られながら、ディセント様と大まかな予定を話し合っていた。作物の確認と二人の相談が終わったら、私たちはそれぞれの寝室に案内された。これもまた、〝重農の鋤〟みたいなアンティーク調でみんなにも好評だった。晩餐会までは作物の調理法とかを教えて過ごす予定だ。軽く食事も済み、今は談話室でのんびりしている。

「あいつも丸くなったもんだね。〝重農の鋤〟に来たときは、あんなにおっかなかったのに」

アグリカルさんが紅茶をずずっと啜《すす》りながら呟いた。フレッシュさんも上品に紅茶を飲みつつ賛同する。

「僕もそう思います。ディセント王子は本来なら優しい人なんですよ。次期国王としての重責に真面目なだけで……。ラフはどう思ってるの？」

「俺もあいつはいいヤツだってことは知っているさ」

まだ一日も経ってないけど、ディセント様とのわだかまりみたいな物はもう消えていた。隣に座っているラフさんに話しかける。

「今から晩餐会が楽しみですね」

「ああ、外国から来た貴族たちの驚く顔が楽しみだ」

「さて、今日はもう寝ようかね。明日は朝から仕事だよ」

「「はーい」」

アグリカルさんの一言で、それぞれの寝室へ向かう。

「では、おやすみなさい」

「「おやすみ～」」

みんなと挨拶を交わし寝室に入る。窓からは夜空が見えた。星々が控えめに瞬いている。どこにいても空は見える。きっと、〝重農の鋤〟でも同じように安らかな空が見えるのだろう。

（晩餐会が上手くいくといいな）

ギルドにいるときと同じ温かい気持ちで眠りに就く。その後も、シェフたちに作物の調理法を教えたりしていると、あっという間に晩餐会の日がやってきた。今はみんなで服装の最終確認をしている。

「ラフさん、なんだか緊張してきました。昨日はそんなことなかったのですが」

「ウェーザでも緊張するんだな。こういうのは慣れていると思っていたが」

「やっぱり色んな人が来ますからね」

お料理は王宮の調理人が作ってくれるので、私たちはゲストとして参加するだけだ。ドキドキしつつ周りを見ると、アグリカルさんがドレスの支度をしていた。

「う～ん、こういう服は慣れないねぇ。動きづらくてしょうがないよ」

「「すごく似合ってますよ、アグリカルさん」」

「そういう服の方が怖がられないんじゃないか？」

「なんだって⁉」

アグリカルさんは紫の髪が映える、シックなブラウンのドレスを着ていた。あふれんばかりの力強さをさらに増してくれている。ギルドにいるときと同じように、背筋が伸びた凛とした姿にしばしの間見惚れてしまった。私もいつか、アグリカルさんみたいに頼りがいがあってカッコいい大人の女性になりたい。

「似合っていると言ったらフレッシュ。あんたはさすがに似合うね」

「いや、ラフの【裁縫】スキルがすごいんですよ」

「王子様に間違えられてもおかしくないくらいです」

フレッシュさんはかっちりした黒いジャケットに身を包んでいる。白いズボンがすらりと伸びていて爽やかな印象だった。

「ラフもいつもと雰囲気が違うね。騎士みたいだ」

「変じゃないか？」

「全然変じゃないです。むしろ、とてもよく似合ってますよ」

ラフさんはいつものような農作業着ではなく、肩のところがカチッとした腰丈のジャケットを着ている。ズボンは折り目がしっかりついていて、靴は頑丈な革のブーツだ。鎧はつけていないけど由緒ある騎士のような格好で、洗練された厳かな雰囲気を醸し出していた。

「とはいえ、一番気合いが入っているのはウェーザの服だね。どこのお姫様かと思ったよ」

「ウェーザさんに比べたら、僕たちの服なんかおまけですよ。まぁ、それもしょうがないですけどね」

「おい」

ラフさんは、私には藍染めのドレスを作ってくれた。あの日よけ帽子みたいに濃い青色で、首元には控えめな白いレースが付いている。目立つのが苦手な私にはピッタリだった。

「ウェーザの赤い髪がさらに美しく見えるよ。きっと、そこまで計算されているんだろうね」

「どんなに服が素晴らしくても、結局は着る人間に左右されるからな」

「またキザなことを言っちゃって」

「うるさいぞ、フレッシュ」

着ているだけで嬉しい気持ちになるドレスだ。そんなこんなで笑い合っていると、晩餐会の時間になった。部屋の扉がノックされる。ディセント様だ。

「皆さん、準備はよろしいですか？　まもなく時間ですよ」

ディセント様に案内され大広間に向かう。

「では、僕は父上たちのところに行ってきます。まずはお食事を楽しんでください。会の途中で皆さんを紹介する時間がやってきますよ。そのときはどうぞよろしくお願いします」

「はいよ、任せときな」

王様の合図で晩餐会が始まった。わいわいがやがやと、楽しそうな話し声があふれる。アグリカルさんたちもお料理を楽しんでいた。

「ふ～ん、なかなか美味いじゃないか。フランクといい勝負だね」

「フランクたちも一緒に来れればよかったですね」

「あいつのためにも色んな料理を食べていってやろう。きっと、新メニューを作ってくれるぞ」

〝重農の鋤〟で採れた作物のお料理はもちろんだけど、どれも絶品だった。ロファンティでは珍しい海鮮物のお料理もたくさんある。カレイのムニエルや、ホタテ貝のバター焼き、ロブスターの丸焼き……。見ているだけでお腹が空いてくる。貴族たちは〝重農の鋤〟の作物を使ったお料理を見ると、駆け寄る勢いで集まっていた。

「こ、これはウワサに聞いた〈太陽トマト〉のスープじゃないか。まさか、ここで食べられるとは思わなかった。どれ、一口……おお、すごい。体があったまるな」

「こっちにあるのは〈さくさくアスパラガス〉だ。くぅぅ、なんという歯ごたえ。おまけに〈微笑みカボチャ〉のスムージーもある……体が蕩《とろ》けそうだ」

「見てくれ、〈弾けイチゴ〉まであるぞ……おおっ、口の中がパチパチする～」

あちらこちらから、作物たちをおいしく食べている声が聞こえてくる。どうやら好評みたいで、アグリカルさんたちもホッとしている。

「ふぅ、良かった。やっぱり美味しいって聞くと安心するさね。アタシはちょっと不安だったんだよ」

「他ではなかなか見かけない作物だからな」

「僕も美味しいって言葉を聞くと苦労が報われた気がします」

みんなで日頃の努力を讃《たた》え合っていると、ディセント様がやってきた。来客たちの視線が集まるのを感じる。

「皆さん、楽しんでらっしゃいますか？　おかげさまで料理の方も好評ですよ」

「ああ、そうみたいだね。アタシらも嬉しい限りさ」

「こちらこそありがたい限りです。さて、そろそろ皆さんをご紹介したいのですが、一緒に壇上へ来てくれますか？」

「ああ、もちろんいいよ」

ディセント様と一緒に壇上へ向かう。私たちを見て、会場の話し声も少しずつ小さくなっていった。

「本日は、この素晴らしい作物たちを持ってきていただいた方々をご招待しています。ロファンティにある農業ギルド、〝重農の鋤〟の皆さんです。さぁ、どうぞ一歩前へ」

「「は、はい」」

私たちが一歩前へ出ると大広間が歓声に包まれ、パチパチと笑顔で拍手される。貴族たちの歓迎ぶりを見て、三人とも安心した様子だった。特にアグリカルさんは、ふぅっとため息を吐きながら額の汗を拭っていたので、やっぱり緊張していたのだろう。ラフさんも表情は少し厳しかったけど、王国に着いたときよりは柔らかい顔つきになっていた。周りから称賛の声が聞こえてくる。

「こんな作物を育てられるなんて、すごい栽培技術だな」

「ぜひ一度見学させてもらいたいものだ」

「あちらの女性はウェーザ嬢じゃないか。今はロファンティにいらっしゃるのか」

みんな〝重農の鋤〟を褒め称えている。ひとしきり挨拶すると大きな拍手で応えてくれた。

「皆さん、ありがとうございました。どうぞお戻りください」

私たちが壇上から下りると、すぐ貴族たちが集まってきた。口々にお礼を言う。

「あなた方が美味しい作物を届けてくれたのですね。誠に美味しいですよ」

「育てるのは大変だったでしょう。ぜひ、実際の農業のお話を聞かせてほしいですな」

「まさか、ロファンティにこんなすごいギルドがあったなんて知りませんでした」

一躍、私たちは注目を浴びてしまった。わいわいする中、アグリカルさんに困った様子で話しかけられる。

「まいったね、アタシはこういうの慣れていないんだよ。どうしようか」

「いつものように堂々としていればいいんですよ。僕も一緒に話しますから。とはいえ、すごい人だかりですね」

二人は困りつつも真摯に質問に答えていた。

（みんな楽しそうで良かったな……あれ？）

誰も気づいていなかったけど、ラフさんだけなんとなく浮かない表情だ。

「あの、ラフさん……」

こっそり話しかけたけど、険しい顔でジッと何かを考え込んでいる。

「ラフさん、どうしましたか？」

腕をつんつんとすると、ラフさんはビクッと私を見た。

「どうしたんですか？」

「あ、いや……なんでもない」

しっかり聞いてみても、ラフさんは視線を逸らすだけで話そうとしない。こんなラフさんは初めてだった。

（何か様子が変だ……）

もしかしたら、疲れているのかもしれない。ずっと御者をしていたのだ。そう思うと、具合でも悪いのかと心配になる。もう一度聞こうとしたところで、貴族たちが集まってきた。

「あなたがラフさんですね。おウワサは聞いていますよ。実に身体能力が高いみたいですね」

「お持ちいただいた野菜たちはどれも素晴らしくおいしかったです。ぜひ、詳しくお話をお聞きしたいですな」

「どうも、ウェーザ嬢。きっと、あなたの人柄が素晴らしい人たちを引きつけるのでしょう」

朗らかに話す貴族たちを無下にできず、タイミングを逸してしまった。結局、ラフさんが話してくれることはなかった。そして、微かな心のもやを残したまま晩餐会は終わり、私たちがギルドへ帰る日がやってきた。

「では、皆さん、本当にありがとうございました。おかげさまで晩餐会は大成功しましたよ」

お忙しいだろうに、ディセント様がお見送りに来てくれている。

「アタシらも楽しかったよ。ギルドの作物も色んな人に食べてもらえたからね」

「ディセント王子、こちらこそありがとうございました。僕たちの方こそ貴重な経験をさせてもらいました」

「またいつでも遊びに来てください。国を挙げて歓迎しますよ」

アグリカルさんたちはディセント様と握手を交わす。ラフさんはちょっと離れたところで待機していた。

「ほら、ラフ。何やってんだい、こっち来な」

「別れの挨拶くらいしなよ。お世話になったんだから」

二人に促され、しぶしぶといった感じでやってきた。ディセント様の目の前に立つ。

「またな」

「ええ、またお会いしましょう」

アグリカルさんからちゃんと挨拶しな、とどつかれていたけど、小さな声でディセント様にお礼を言っていた。さて、と荷馬車を走らす。ディセント様は姿が見えなくなるまで手を振っていた。

「〝重農の鋤〟のみなさーん！　お元気でー！」

「色々ありがとうー！　アンタはいいヤツだったねー！」

「ディセント様ー！　本当にお世話になりましたー！」

御者は帰り道もラフさんとフレッシュさんが引き受けてくれた。アグリカルさんが荷台から声をかける。

「アンタたち、帰るまで気を抜くんじゃないよ。いつどこから盗賊どもが来るかわからないからね」

「言われなくてもわかってる。ウェーザ、すまないが後ろの方を見ていてくれるか？」

「はい、こっちの見張りは任せてください。怪しい動きがあったらすぐに知らせます」

気合いを入れて辺りを見回す。どんな怪しい人でも見逃さないつもりだった。人っ子一人いないけど。

「ウェーザは優しくていいな。どこぞのギルドマスターとは大違いだ」

楽しみだった。

「なんだって⁉」

アハハ、とみんなで笑いながらロファンティに向かう。ギルドのみんなに王国の話をするのが

一日川沿いに馬車を走らせていると、〝隔ての森〟まで来た。荷物が少なかったので行きより早く着いたのだ。もちろん、盗賊などの悪い人に襲われることもなかった。森の中で夜を過ごすのは危ないので、その手前で泊まることにする。

「僕とアグリカルさんはテントを張ってくるから、ラフとウェーザさんは食事の準備を頼むよ」

「旨い飯を作ってくれな～」

そう言って、フレッシュさんたちは少し離れたところでテントの設営を始めた。ラフさんはテキパキと火をおこし、鍋や道具を鞄から取り出す。

「さっさと飯を作っちまうか。ウェーザは野菜を切ってくれ」

「はい、もちろんです」

晩御飯のメニューは乾燥肉と〈ほろほろ蕪《かぶ》〉、〈活力ポテト〉のシチューだ。味付けや具材を煮るのはラフさんが行う。塩やスパイスは貴重なので、慣れている人がやる方がいいからだ。ナイフでサクサクと野菜を切り分ける。まずは〈ほろほろ蕪《かぶ》〉を一口サイズに小さくしていった。火に通すと口に入れた瞬間崩れてしまうほど柔らかくなる。〈活力ポテト〉はちょっと食べただけで元気が漲《みなぎ》るほどパワーが詰まっている野菜だけど、その分鉱石みたいにすこぶる堅かった。力

をぐっと込めてもナイフが全然入らない。悪戦苦闘している間にも、鍋からは湯気が立ち昇る。

（ど、どうしよう、早く切らないといけないのに……）

心の中で焦っていると、ラフさんが後ろからそっと私の手を握った。

「ラ、ラフさん……！」

「大丈夫か、ウェーザ。貸してみろ」

私の手を握ったまま、一緒に〈活力ポテト〉を切っていく。普段よりずっと距離が近く心臓のドキドキが収まらない。

「あ、あの、自分で切れると思いますから」

「遠慮するな。無理にやろうとすると危ないぞ。〈活力ポテト〉を切るときは、最初に少しだけ切れ込みを入れておくのがコツだ」

私が緊張している間にも、ラフさんは手際よく野菜を刻んでいく。ラフさんに包まれている手は、自分のものじゃないように動いていた。

「……この前はすまなかったな」

不意に、ラフさんはポツリと呟いた。え？　と見上げたらラフさんと視線がぶつかり、少しの間見つめ合ってしまう。

「い、いや、何でもない！　気にしないでくれ！」

「ラ、ラフさん……！」

いきなりラフさんが力強く手を握ったので、顔が燃えるように熱くなっていたらアグリカルさ

んが戻ってきた。料理をしている私たちを見ると意味ありげにニヤリと笑う。

「おやおや、初めての共同作業ってヤツかね」

「「アグリカル（さん）！」」


翌日、〝隔ての森〟を抜けると草原が現れた。ロファンティが近づくにつれ、少しずつ草花は減り荒地のようになっていく。一見すると心細くなるような景色の変化ではあるけど、私にとっては安心できる風景の移り変わりだった。〝重農の鋤〟に着くと、アグリカルさんは力を吸収するように目いっぱい空気を吸っている。

「あぁ、アタシはこういう場所の方が好きだよ。王国も良い所だったけどね」

「僕も山に囲まれていると、自然体でいられるような気がします」

「やれやれ、肩の荷が下りた感じだ。ホッとしたな」

やっぱり、みんなはロファンティが好きなんだなと改めて強く思った。

「あっ、おかえり！　帰ってきたんだね！」

『まったく待ちくたびれたぞ！　特に変わりないか⁉　怪我とかしてないだろうな⁉』

ちょうど荷馬車を片づけたとき、ネイルスちゃんとバーシルさんが走ってきた。ガバッと私たちに抱き着く。

「「うわっ！」」

「こ、こら！　そんなに勢いよく飛びつくなって」

「だって、ずっと待ってたんだもん」

『俺様も待ちくたびれたぞ！』

ネイルスちゃんたちに吹っ飛ばされ、私とラフさんは地面に転がってしまった。ラフさんは呆れながらも嬉しそうな様子だ。

「まったく、しょうがないな」

「ただいま、怪我なんかしていないわよ。心配してくれてありがとう」

二人はラフさんに撫でられ、にんまりしていた。

「おーい、みんなぁ、ウェーザお姉ちゃんたちが帰ってきたよぉ！」

「「なにっ⁉　それは本当か⁉」」

ネイルスちゃんが大声で言うと、ギルドの人たちがわいわいと集まってきた。

（〝重農の鋤〟に帰ってきたんだな……）

みんなを見ていると、自分の家に帰ってきたような安心した気持ちになる。そして、片付けやらなんたらをしていると夜になった。フランクさんの美味しいご飯を食べたら、みんなにお土産話をする時間だ。

「ほら、アンタたちに土産さ。王子がたくさんくれたよ」

アグリカルさんがドサッとお土産を置く。王国で一番の紅茶、色とりどりのドライフルーツが入ったおいしそうなクッキー、どっしりとしたホールチーズなどなど……。ディセント様が色々珍しい物を渡してくださった。フランクさんとメイさんも大喜びだ。

「わぁ、おいしそう！　さっそく、明日のおやつにみんなで食べようよ！」

「おお！　こんな立派なチーズはなかなか手に入らないぞ！　匂いを嗅いだだけで美味いのがわかるな！」

メイさんは誇らしげにチーズを掲げているけど、どことなくフランクさんから守るような感じだった。

「オヤジ、隠れ食いだけはしないでくれよ。みんなのチーズなんだからさ」

「なんだと、メイ！　そんなことするわけないだろ！」

「うわああ！　冗談だってのに！」

フランクさんがメイさんをドタバタ追いかけ回す。

「静かにしとくれ！　疲れてんだよ！　まったく、アンタたちはいつもうるさいね！」

「「ははははは」」

アグリカルさんに怒られるのもいつもの光景だった。

「ねえ、ウェーザお姉ちゃん。王国のお話を聞かせて！」

「もちろんいいわよ。ルークスリッチ王国の宮殿にはお庭があってね。ギルドでも見かけないようなお花がたくさん咲いていたよ。ネイルスちゃんにも見せてあげたかったなぁ」

「ええ～、私もキレイなお花見たかったたぁ」

お花好きなネイルスちゃんはうっとりしていた。アグリカルさんが納得していない様子で話す。

「むしり取ろうとしたらラフが止めるんだよ」

「当たり前だろうが」

王宮での出来事を思い出したのか、ラフさんが呆れた調子で言っていた。

「まったくアンタはケチだね。ちょっとくらいいいだろうに」

「言っておくが俺の花じゃないからな」

森で似たようなお花が咲いてたら少し摘んでこようかなと思った。アグリカルさんは疲れた様子で肩をトントンと叩いている。

「晩餐会では質問の嵐だったよ。どうやって育てるんだ、どうやって食べるんだ、とかね。さすがのアタシも疲れたさ」

「それほど、王国にとっては珍しい食べ物だったってことですよ」

そして、私たちが王国や晩餐会の様子を話している間も、ラフさんは浮かない表情でいた。みんなは気づいていないみたいだけど、私にはなんとなくわかる。

（やっぱり、いつもと違う……）

どことなく暗い影が差している。でも、体の具合が悪いわけではなさそうだ。そのうちお土産話も終わり、お休みの時間となった。

「ラフさん、ちょっといいですか？」

「なんだ、ウェーザ」

寝室へ向かうラフさんを呼び止める。気にしないことはできず、どうしたのか聞いておきたかった。

「あの……何かあったんじゃないですか？　さっきも浮かない様子でしたし……」

「ああ、そのことか。いや……本当になんでもないんだ」

ラフさんはにこりと笑っている。心配させないようにしてくれているんだろう。だけど、私には力のない笑顔に見えてしまった。きっと、話したくない事情があるのだと思う。

（ラフさんから話してくれるまで待とう）

「もし何かあったらいつでも言ってください」

「ありがとう、ウェーザ……おやすみ」

「おやすみなさい」

自分の寝室に行きベッドに入る。窓からはまん丸な満月が見えた。ほんのりとした淡い光が差し込む。ベッドの上がほのかに明るくなった。

（私もラフさんを明るく照らせるような存在になれたらいいな）

そんなことを思いながら眠りに就いた。

✦間　章　心情（Side　ラフ）……………………✦

どうしても素直になれない。あの夢を見てから、俺の悩みは日増しに強くなっていた。ウェーザといると得も言われぬ幸せな気持ちになるのに、正直に受け入れられないのだ。理由はよくわかっている。俺たちの間にある身分差だ。この容易に解決できない悩みは、俺の心からいつも顔を覗かせていた。ギルドで一緒に農作業をするとき、今回の旅のように馬車に揺られているとき……。考えないようにしても、気が付いたらこの悩みが思い浮かんでくる。

〝隔ての森〟で一緒に木の実やキノコを集めていたときも、俺は例の厄介な悩みに襲われていた。せっかくウェーザが楽しそうに話してくれたのに、突き放すような態度を取ってしまった。今思えば、あれは冷たい対応だったと思う。俺が心の中で悩んでいても、あいつはそのことを知らないのだから。ウェーザといるときくらいは、悩みなんてしまい込んでおけばいい……。わかっていてもできないのがもどかしく、その日はずっと後悔していた。

〈活力ポテト〉の調理をしているとき謝ったが伝わっただろうか。あいつと二人っきりになるチャンスだったので、思い切ってウェーザの手を握った。俺の手よりずっと小さくて柔らかくて、握っているだけで壊れてしまいそうだった。野菜を包丁で刻みつつも、決心が固まるまでやけに時間がかかった気がする。俺は基本的に思ったことはすぐ伝える質だ。いつもなら謝るのに気後れなんてしない。だが、このときばかりはどう謝ればいいのかわからず、言葉を選ぶのに難儀していた。結局、悪かった、としか伝えられず、もっと気の利いたことが言えないのかと思ったものだ。言葉を続けようとしたものの、振り向いたウェーザの金色に輝く瞳を見ていると急に恥ずかしくなり、結局中途半端になってしまった。

ルークスリッチ王国の晩餐会でも、心の底で身分差について悩んでいた。出席していたのは貴族ばかりで、俺は浮いているような気がしたのだ。もちろん、あいつは身分の差なんて何とも思っていないことはよくわかっている。ウェーザは本当に優しいヤツだ。

だが、そんな優しい心を持ったウェーザと俺の間に立ちはだかる身分の差。それが解決される日がいつ来るのか、俺にはまだわからない。

✦第三章✦ 訪問者

翌日、目が覚めると体のあちこちが痛かった。

（いたた……きっと、馬車で長い間揺られたからね）

今日は気をつけて農作業をした方がいいかもしれない。寝ぐせを整え食堂に下りる。朝早いというのに、ざわざわと騒がしかった。ギルドメンバーがあっちこっち走り回っている。ふと、横を見るとラフさんがいた。

「あっ、ラフさん、おはようございます。なんだか慌ただしいですが、どうしたんでしょう？」

「おはよう、ウェーザ。どうやら、フレッシュに関係があるようだ」

「フレッシュさん……ですか」

「ああ」

ラフさんはうなずきながらギルドの入り口を指す。そこには、フレッシュさんが見たことないくらい硬い表情で立っている。そして、次の瞬間には、大きな男の人とすごくキレイな女性が入ってきた。

「探したぞ、フレッシュ」

「まさか、こんなところにいたなんてね」

どちらもフレッシュさんによく似た背の高い男女だ。

「ち、父上！　それに母上！　どうしてここが……」

「私たちはずっとお前の行方を探していたのだ。そのせいでずいぶん辺境まで来てしまった」

「家を飛び出したと思ったら、こんなところで何をやっているの？」

男性はグレーの髪をサッパリとまとめ、右手にステッキを持っている。女性は腰くらいまである薄茶色の髪に、同じく茶色の大きな瞳が印象的だった。どちらも背が高く、立っているだけで威厳を感じる佇まいだ。見るからにただ者ではない。ギルドの中をピリピリとした緊張感が包む。

「フレッシュ！　何があったんだい⁉」

アグリカルさんが大慌てでやってきた。ちらりと背の高い男女を見ると、すぐ張りつめた表情になった。

「どうも、愚息がお世話になったようで」

「今すぐ引き取っていきますから、ご安心くださいね」

彼らはにこりともしない。それどころか、私たちを冷ややかに見定めているようだった。いつの間にか、ネイルスちゃんはラフさんの後ろに隠れている。ラフさんは守るようにギュッと抱きしめた。

「お兄ちゃん……あの人たち怖い」

「大丈夫だ、そこでじっとしていろ」

「アタシはギルドマスターのアグリカルさね。何だい、あんたたちはいきなり来て。まずは名前を名乗るのが礼儀ってもんじゃないのかい」

アグリカルさんは毅然と二人に問いただす。しかし、男女は口を閉じたままだった。

「……アグリカルさん、僕から紹介します。こちらは父のルーズレスと母のシビリアです」

フレッシュさんが紹介すると、ようやく二人は軽く会釈した。

（本当にフレッシュさんのご両親だったんだ）

親御さんが来たと聞いて、ギルドの中はさらに騒然となった。みんな小声で話し合っている。

「申し遅れましたな。私たちはラントバウ王国のグーデンユクラ大公爵という者だ」

「「ラ、ラントバウ王国⁉　しかも大公爵⁉」」

ラントバウ王国は世界でも有数の農業大国として有名だ。私でも聞いたことがある。

「ウェーザ、大公爵ってすごいのか？」

ラフさんが私の耳元に顔を寄せ、小さな声で尋ねてきた。

「ええ、それはもう。大公爵なんて言ったら、権力も地位も王族とほとんど同じ扱いです」

「なるほど……フレッシュはそんなに偉い貴族の息子だったのか」

それなのにロファンティに来るなんて、きっと複雑な事情があるのだろう。大公爵夫妻はさらにフレッシュさんへ詰め寄る。

「フレッシュ、お前はまだ農業をやる気でいるのか」

「あなたには他にやるべきことがあるでしょう？」

大公爵夫妻は決して笑顔を見せない。それどころか、話せば話すほど厳しさが増すようだった。

「父上たちだって農業の大切さは知っているじゃありませんか。僕たちの国が栄えたのだって、農業が発展したからでしょう」

フレッシュさんも威圧感に負けじと伝える。

「もちろん、そんなことは知っている。農業はラントバウ王国の基盤だ。だが、お前はグーデンユクラ大公爵家の跡取りなのだ。そのことをもっと自覚しろ」

「農業は使用人に任せておけばいいの。グーデンユクラ家としての仕事はあなたにしかできないのよ。領地管理や貴族たちとの外交、領内の問題解決……言い出したらキリがないわ」

「ですが、僕はどうしても自分で農業をしたいのです。子どものときから伝えているはずなのに……なぜわかっていただけないのですか」

彼らの話を聞いて、少しずつ状況がわかってきた。フレッシュさんは自分で畑を耕したり作物を育てたいけど、大公爵夫妻が許可してくれないのだ。それで耐えかねて家を出てしまったのだろう。

「お前こそ何もわかっていない。私たちの仕事が滞ったら、それこそどうなる。使用人たちの給金は？　生活は？　我ら貴族は使用人たちの人生を背負っているのだぞ」

「グーデンユクラ家は王族との繋がりが深いことも知っているでしょう。国王陛下に政治の助言をすることだってあるのよ。そのときに適切な提案ができなかったら王国はどうなるの？」

大公爵夫妻は淡々と、しかし容赦なくフレッシュさんを追い詰める。傍らのラフさんにそっと話しかけた。

「とても厳しい性格のご両親みたいですね」

「ああ、そうだな。あいつから父母の話は聞いたことがなかったが、なかなか厄介そうな人物だ」

　できることなら今すぐ飛び出して、フレッシュさんの素晴らしさを伝えたい。だけど、彼らを取り巻く雰囲気がそうさせてはくれなかった。無関係の者は入り込めないような圧迫感だ。フレッシュさんは固く口を閉じていたけど、静かに話を続ける。

「僕は農業のことを、自分の一生をかけるほど価値がある仕事だと思っています」

「お前は普通の生まれではないと言っている。グーデンユクラ家の生まれなのだ。農業より優先すべきことがある」

「農業をできる人はたくさんいるわ。でも、あなたはあなたしかいないの。フレッシュも本当はわかっているはずよ」

　大公爵と言ったら、領地も相当広大なのだろう。全てを管理していたら農業に取り組む時間などなさそうだ。でも、フレッシュさんは農業をやりたい。大変に難しい問題だった。

「僕はたしかに大公爵家の生まれですが、自分の気持ちにウソは吐きたくありません」

「では言わせてもらうが、お前こそ勝手に家を出てどうなんだ。残された者の迷惑を考えたりはしなかったのか？」

「みんな、あなたの行方を本当に心配しているのよ。その苦労は想像できなかったのかしら？」

「そ、それは……」

　フレッシュさんはうなだれている。いつもの爽やかで元気いっぱいのナンバー2とはまるで違った。

「言いたいことはそれだけか？　わがままを言うな、フレッシュ。さあ家に帰るぞ」

「これ以上家を空けられるとグーデンユクラ家としての面目が保てないわ。早く馬車に乗りなさい」

「い、いやです！　僕は帰りたくありません！　このギルドをもっと大きくして、色んな人に農業の素晴らしさを伝えたいのです！」

　フレッシュさんは決して家に帰るなどと言わない。それほどまでに農業が大事なんだろう。

「くだらないこと言ってないで、さっさとこっちに来なさい」

「帰ったらすぐに仕事を与える。今までの遅れを取り戻せ」

　大公爵夫妻はフレッシュさんをきつく睨みつける。小さな動物くらいなら視線だけで殺してしまいそうだった。それでも、フレッシュさんは首を縦に振らない。ギルドの中を重い空気が支配する。気のせいか、息をするのも苦しい気がした。戦場のように張りつめた状況でも、アグリカルさんはまったく引けを取らない。むしろ、力強く一歩前に出てきた。

「くだらないことって言っていたけど、フレッシュのおかげでロファンティの食糧問題はだいぶ改善したんだよ。農場を見てほしいくらいさね」

　重苦しい空気を切り裂くように、アグリカルさんのはつらつとした声が響いた。フレッシュさんが振り向くと同時に、ギルドメンバーたちも賛同する。

「そうだよ！　あんたらはフレッシュの努力を知らないからそんなことが言えるんだ！　一度農場を見てから出直して来な！」

「フレッシュが育てた作物の評判はすごいんだぞ！　ラントバウ王国にも負けないね！」

「ウソだと思うなら一度食べてみろ！　その美味さに驚くなよ！」

ギルドの中はフレッシュさんをかばう声でいっぱいになった。

「み、みんな……」

フレッシュさんの瞳はうるっとしている。だけど、大公爵夫妻はまったく動じない。こんな状況でも眉一つ動かさなかった。

（私もフレッシュさんの素晴らしさを伝えなきゃ！）

加勢しようと思わず身を乗り出したとき、ラフさんに止められた。

「待つんだ、ウェーザ。どうやら、勢いだけでは帰ってくれないようだ」

どういうことだろう？　と思って大公爵夫妻を見たら、私たちを射殺すような目で愛想なく切り出した。

「後ろに広がっている農場はすでに見た。だが、私たちは失望するだけだったぞ。まさか、あの程度で農業をやりたいなどと抜かすのではあるまいな？」

「どの作物も貧相でしかたないじゃない。本当に育てているの？」

大公爵夫妻は心底呆れた様子だ。予期せぬ発言に、ギルドの中は一瞬静寂に包まれた。

「そ、それはどういう意味ですか!?　僕たちは本当に一生懸命育てているんですよ！」

真っ先に、いつもは温厚のフレッシュさんが怒った。〝重農の鋤〟では誰もが真剣に農業に取り組んでいる。それを認めないような言い方には怒るのも当然だ。私も大公爵夫妻の言葉を聞いて、初めて感じるほどの強いショックを受けてしまった。

「ついてこい、証明してやる」

「お待ちください、父上、母上！」

大公爵夫妻はさっさと農場へ向かっていく。みんな慌てて後を追った。駆けながらラフさんに尋ねる。

「証明ってどういうことでしょう？」

「わからん……だが、また一波乱ありそうだ」

いったい何が行われるのか少しも予想がつかず戸惑いながら後をついていくと、大公爵夫妻はピタリと立ち止まった。〈砂金小麦〉の畑の前だ。金色の実がゆらゆらと風に揺れている。

「まず、この〈砂金小麦〉だが育ちの悪い麦穂が目立つな」

「湿害になっているんじゃないかしら？　ちゃんと対策したの？」

畑の中には〈砂金小麦〉の色が変わった物がちらほらある。黄金のような輝きはなく、くすんだ褐色になっていた。湿害とは、土の中に水分が溜まりすぎて作物の育ちが悪くなることだ。このところ、ロファンティには珍しく雨が続いていたのだ。

「も、もちろん、湿害対策はきちんと行っています。排水用の溝を掘ったり畝立《うねだ》てをしたり……」

「だが、結果がこれでは対策していないのと同じだな」

「この辺りの土は粘土質で……どうしても水はけが悪いのです」

畑を耕したりしてわかったけど、ロファンティの土は、乾燥するとカチカチしているところが多かった。そのせいで作物が育ちにくいと、フレッシュさんから聞いたことがある。

「〈砂金小麦〉で作ったパンはどれくらい日持ちする？」

「半年ほどです」

「ずいぶん短いじゃないの。グーデンユクラ家の物は一年はもつわね」

（半年でも十分長いのに……）

「作物を育てる前に、もっと土壌の改良をするべきだったな」

「まさか、改善方法がわからなかったわけじゃないでしょうね？」

「砕いた黒曜石や泥炭を混ぜることです」

「どうしてしない？」

フレッシュさんは矢継ぎ早に追及される。尋問でもされているかのようだった。容赦ない質問攻めに、さすがのフレッシュさんも気後れしながら答えていた。

「ど、どちらもロファンティでは手に入らない物なのです。行商人に頼んでもどうしても入手できず……」

「それはただの言い訳だ。できない理由など必要ない」

「行商人から手に入らないのなら、あなたが自分で探しに行けばいいでしょう。あなたは甘すぎるの」

「ぐっ……」

フレッシュさんは悔しそうに手を握りしめている。きっと、農業に関する知識が豊富だから、正論だとわかっているのだろう。きつく下唇を噛んでいるフレッシュさんを見ていると、私まで辛い気持ちになってしまった。

さて、と大公爵夫妻は歩を進める。〈サファイアスイカ〉の前に来た。彼らは品定めするようにじっくりと見る。

「種の数は平均いくつだ？」

「まさか、数えていないわけはないでしょうね」

大公爵夫妻はさも当然のように聞いているけど、驚きを隠せなかった。

（え⁉　種の数⁉）

スイカの種を数えたことなど、今までの人生で一度もない。

「だいたい二五〇個ほどです」

（か、数えていたの⁉）

フレッシュさんはフレッシュさんで、こちらも当然のように答えた。私の知らないところで途方もない作業をしているのだ。ラフさんが嫌なことを思い出したときのような苦い顔で話す。

「俺も手伝ったことがあるが……本当に苦行だったぞ」

「で、ですよね……」

文字通り、気が遠くなる作業だろう。二五〇個と聞いて、大公爵夫妻は顔をしかめた。

「ずいぶん少ないじゃないか。それでは育てているとは言えないな」

「グーデンユクラ家の物はいくつか知っているでしょう？」

「四〇〇個ほどだったと記憶しています……王国で一番多いことも……」

それを聞いて、ギルドのみんなも張りつめた表情になる。大公爵夫妻は、さらにレベルの高い栽培を行っているみたいだ。先ほど大公爵夫妻がギルドを酷評したのも、少しは認めざるを得ない気持ちになった。

「農業をやりたいなどと抜かすのであれば、常に最高の状態を目指さなければ意味がない。常々言っているだろう」

話を聞いているうちに、大公爵夫妻の人となりがわかってきた。最高以外は意味がないというストイックな考えの持ち主らしい。

「さて、もういいだろう。たしかに、良く育ててはいる。見たところ土地も痩せていたはずだ」

「育てやすい芋系の作物も育たなかったんじゃないかしら」

ラフさんたちから、前のロファンティは土地が痩せていたと聞いている。大公爵夫妻は、ちらりと見ただけで見抜いてしまった。

「ええ、土壌の改良には相当手こずりました」

「しかし、改善したところで大した成果ではないな。お前の農業への情熱はこの程度、と言わざるを得ん」

フレッシュさんは悔しそうに悲しそうに下を向いている。もうこれ以上は見過ごせなかった。勢い良く前に出ようとしたら、ラフさんが首を振りながら私を止めた。視線で促され大公爵夫妻の方を見ると、アグリカルさんが彼らの前に立ちはだかっていた。

「それくらいにしてもらおうかね。両親だろうがなんだろうが、うちのメンバーがここまで言われるのは見過ごせないよ」

「アグリカル……殿と言ったな。息子との関係に口を出さないでもらおうか」

「いいや、口出しするさね。フレッシュはアタシらの大事な仲間でもあるんだよ」

大公爵夫妻はギロリと睨んでいたけど、アグリカルさんはまったく恐れずに淡々と話を続ける。いつもの快活さは鳴りを潜め、代わりに知性的で冷静なギルドマスターがいた。

「あんたらは知らないだろうけどね、フレッシュは誰よりも農業への情熱を持っているんだよ。このギルドを設立したときも、ひび割れた大地で一緒にゼロから畑を耕してくれたさ」

アグリカルさんの落ち着いた声は不思議と私たちの耳に響く。大公爵夫妻も口を開かず、続きの言葉を待っていた。

「農業に対する想いだけじゃない。フレッシュは食に困っている人たちを救いたいという、本当に優しい心の持ち主なんだ。そんな心を持った人間の育てた作物が不出来なはずはないと思うけどね」

大公爵夫妻は険しい顔で考え込むように地面を見つめる。

「フレッシュさんは……素晴らしい人です」

気がついたら、私も大公爵夫妻の前に出ていた。

「……貴公はどなたかな？」

「私はウェーザ・ポトリーと申します。ルークスリッチ王国と〝重農の鋤〟で天気予報士をしています」

「ふむ……ウワサに聞く天気が100%わかるというご令嬢か」

目の前に立つと、ルーズレスさんはさらにすごい威圧感だ。まるで巨人に睨まれているようだった。でも、一歩も引くつもりはない。私はフレッシュさんに本当によくしてもらった。自分がここで暮らせているのも、フレッシュさんが認めてくれたからだ。

「フレッシュさんは誰よりも農業を愛しています。お言葉ですが、あの作物たちを見てわからなかったのですか？」

ここで農作業をしていて、日々実感していることがあった。フレッシュさんが農場へ行くたび作物たちは喜んでいる。一緒に農作業をしてみて、食べてみてわかった。農場の作物たちにはフレッシュさんの愛が詰まっているのだ。私たちが大公爵夫妻と向き合っていると、ラフさんもネイルスちゃんもバーシルさんも前に出てきた。

「俺からも言わせてもらおう。フレッシュほど農業へ真剣に向き合っている人間を他に知らない」

「フレッシュのおかげで私の病気は治ったんだよ！」

『ロファンティの事情も知らず、知ったような口を利くんじゃない！』

堰を切ったように、みんなしてフレッシュさんの味方をする。重苦しい雰囲気なんか吹き飛ばしそうだった。

「そうだそうだ！　勝手なことを言わないでくれ！　フレッシュがいなくなったらどうすればいいんだ！」

「こいつはいつも俺たちのことを考えてくれているんだよ！」

「フレッシュがいなければ、飢えて死んでいるヤツだっていたんだぞ！」

ここにいる全員が……いや、ロファンティに住んでいる人たちはみんなフレッシュさんが大好きだった。農場を大きな歓声が包む。

「み、みんな……」

フレッシュさんは今にも泣きそうだった。そんな中、大公爵夫妻は静かに黙って見ている。動揺したり気持ちが揺れ動いているような様子はまったくなかった。

「わかった。そこまで言うのなら私たちにも考えがある」

ルーズレスさんとシビリアさんは顔を見合わせる。フレッシュさんが険しい表情に戻って尋ねる。

「なんでしょうか？」

「ラントバウ王国で開かれる〝花の品評会〟で私たちと勝負してもらおう。見事優勝すれば、私たちも身を引くことにする。だが、もし優勝できなければ潔く家に帰ってこい」

（〝花の品評会〟ってなんだろう……？）

誰も何も話そうとしない。それがさらに空気を張りつめさせた。

「……わかりました。その勝負を受けます」

フレッシュさんは一呼吸置くと静かに答えた。

「本来ならば、国外から参加するのは非常にハードルが高い。だが、私たちの方から国王陛下に口利きしておこう」

「審査は他の方と同じようにしますからね。それほどまでに農業が好きなのであれば、あなたが優勝できるはずよ。もちろん、私たちも手を抜くつもりはありませんけどね」

「はい、わかっております」

相変わらず、彼ら三人の表情は険しい。すでに見えない戦いが繰り広げられているようだった。

「では、私たちはこれで失礼する」

「次会うのはラントバウ王国かしらね」

そう言って、大公爵夫妻はギルドの前に停まっていた馬車に乗った。全体は黒っぽく、金色の装飾がセンスよく施されている。ルークスリッチ王国でもなかなか見ないほど、極めて豪華な馬車だった。私たちが挨拶する間もなく、颯爽と走り出す。フレッシュさんは硬い表情で見送っていた。真っ先にラフさんとアグリカルさんが駆け寄る。

「大変だったな、フレッシュ。少し休もう」

「アンタが気に病むことはないよ。何を言われたって、フレッシュの功績はアタシが一番よく知っているよ」

アグリカルさんがいつもの豪快な感じではなく、優しくフレッシュさんの肩を叩く。〝重農の鋤〟の大切なナンバー2を、誰よりも気遣って心配していることがひしひしと伝わってきた。

「ありがとう……ございます……」

　どっと疲れた様子のフレッシュさんと一緒にギルドへ向かう。吹き抜ける風は爽やかだけど、不穏な気持ちは拭えなかった。他のみんなも一旦仕事をやめ、ギルドの酒場に集まってきた。先ほどのやり取りを整理するためだ。バーシルさんもネイルスちゃんも来ていた。まずは、フレッシュさんの話を聞く。

「みんな、さっきはごめん」

　開口一番、フレッシュさんは謝った。

「何言ってるんだい、アンタが謝る必要なんかどこにもないんだよ」

「いえ、ギルドのみんなには大変失礼なことを言ってしまいました。両親に代わって深くお詫びします」

　フレッシュさんはとにかく申し訳なさそうに頭を下げていた。

「お前は何も悪くないだろうが」

「そうですよ。フレッシュさんが責められることはありません」

　ギルド中からは、お前は少しも悪くない、むしろ一番の功労者だ、といった懸命な励ましの声が聞こえてくる。ここにいる全員がフレッシュさんの味方だった。

「僕の両親は元々ストイックな性格なんです。それでも、あの人たちが言ったのは、みんなの日々の努力を踏みにじる許されない発言でした……」

「私たちのことは気にしないでください。一番辛いのはフレッシュさんですから」

「アタシらはなんとも思ってないさ。たしかに、少しはイラッとしたけどね」

「お前の苦労はここにいる全員が知っているからな」

フレッシュさんは嬉しそうに涙を拭っていた。

「それで、〝花の品評会〟って何なんだい？」

〝花の品評会〟の話に戻ると、フレッシュさんは涙を拭い一呼吸置いてから、厳《げん》とした面持ちで語り出す。

「みんなも知っての通り、ラントバウ王国は農業大国なんだ。そこで、国の威厳を示すために毎年花の出来を競い合う大会がある。それが〝花の品評会〟さ。この大会で優勝することは一番の名誉なんだ」

「「なるほど……」」

フレッシュさんによると、〝花の品評会〟は国から選ばれた審査員による投票で順位が決まるらしい。審査員は三点、二点、一点の投票用紙を持っていて、各出場者にどれか一つの点数を入れるとも言っていた。希少性や資料学的価値が高かったり、育てるのが難しい花ほど高く評価されやすいようだ。

『だったら、ギルドメンバーをたくさん連れて行けばいいんだ。みんなでフレッシュに投票すればいいだろ。俺様も協力するぞ』

「なかなかそう上手くはいかないんだ、バーシル。審査員以外が投票することはもちろん禁止されている。過去にもズルをしようとした人たちがいたけどね……みんな終身刑になったよ」

「『しゅ、終身刑……』」

「それに……僕は正面から父上たちと戦いたいんです。とはいえ、これが結構シビアな大会でね。毎年激しい争いになる。どこの家も優勝目指して必死に努力をしているからね」

フレッシュさんはポツリと呟く。その様子から、優勝するのが本当に難しい大会なのだと容易に想像ついた。

「ルーズレスさんたちはどれくらい強いんですか？」

大公爵夫妻は大いに自信がありそうだった。自分たちが優勝することを信じて疑わないほどに。

「グーデンユクラ家は最多優勝回数を誇る家だよ。ちなみに、去年優勝したのも父上たちだった」

やっぱり、大公爵夫妻は強豪の家だったのだ。アグリカルさんが何かを考えながら呟く。

「なるほどねぇ……でも、そこまで農業に真剣なら、フレッシュが農業をすることに賛成だと思うけどね」

「昔から、両親には貴族としての心構えを叩き込まれていまして……社交界やマナーの勉強ばかりしてきました。父上たちがあのような性格ですからね。家庭教師たちも非常にストイックな人たちでした。少しでも間違えると鞭で叩いたり、冷水を浴びせたり……そして、父上たちも止めることはありませんでした。どうやら、それが正しい教育だと考えていたようです」

こちらまで辛い気持ちになるような身の上話だった。ラフさんたちも厳しい顔で俯いている。

「そのような毎日を癒してくれたのが農業でした。父上たちに隠れて花や作物を育てるのは楽しかったです。初めて小さな果実が実ったときの感動は今でも覚えていますよ。それに、みんなの食も豊かにできる。こんなに素晴らしい世界があるのかと思いました」

農業に対するフレッシュさんの原点がわかったような気がする。そういった辛い環境にいたからこそ、フレッシュさんは農業で人を幸せにしたいのだ。

「もちろん、父上たちの気持ちもわかります。むしろ、二人の言う通りにした方がいいのでしょう。それでも、僕は自分で農業をやりたかったんです」

フレッシュさんは固く拳を握りしめる。

「品評会も優勝する気でいますが……正直に言って、父上たちに勝てるかわかりません。僕はまだ〝重農の鋤〟に……みんなと一緒にいたいです」

「「……」」

ギルドの中を重苦しい空気が包む。〝重農の鋤〟の農業レベルがとても高いことは知っている。でも、相手は農業大国の、しかも大公爵家だ。相当厳しい戦いになることは想像に難くない。

「私たちはずっと……フレッシュさんの味方です」

気がついたら、自然に言葉を紡いでいた。そうだ、どんなことがあろうと私たちはフレッシュさんのために行動する。大切な仲間なのだから。

「そうだよ、アタシらがついているじゃないか。何も心配することはないんだよ」

「いつもお前に頼ってばかりだからな。たまには俺たちの力を借りてくれ」

少しずつ硬い空気が解れていき、みんなが一つになるのを感じる。

「なんなら、俺が父ちゃんたちにガツンと言ってやるさ！」

「オヤジが言い負かされる光景しか思い浮かばないね」

「なんだと、メイ！」

「うるさいね、あんたたちは！」

ギルドをアハハという笑い声が包む。もう大丈夫だ。

「ありがとう……みんな」

「ほら、泣くんじゃないよ。ナンバー2がそんなに泣いてるんじゃ示しがつかないだろうが」

「お前も涙もろくなったたな。遠慮なく俺たちを頼ってくれ」

「「みんなでフレッシュを優勝させよう！」」

大公爵夫妻と競い合うのであればすでに一刻の猶予もないと、私たちはすぐに品評会へ向けての作戦会議とその準備を開始した。

第四章 〈歌うたいのマーガレット〉

「さて、まずはどんな花を育てるか決めないとな」

出品する花を決めるため、私たちは連日みんなで話し合っていた。

「品評会にはどんなお花が出てくるんですか？」

「花なら何でもいいのかいね？」

「毎年出品されるのは本当に多種多様な花です。バラやアネモネ、ヒヤシンス……花であれば何でも構いません。中には野菜の花を出してくるグループもありましたね」

花なら出品できるとはいえ、しっかり選ばないといけない。〝重農の鋤〟にはどんなお花が咲いていたか思い出す。

「花のどこが評価対象になるんだ？」

「形や色はもちろんだけど、例年は花の特性を伸ばした物が評価されるね」

「やっぱり、流行とか意識した方がいいんでしょうか。ルークスリッチ王国でもジュエリーの品評会が開かれることがあるんですが、流行りのデザインとか宝石を使っている物が特に人気ありました」

ジュエリーの品評会ではないけれど、きっと、お花にも同じことが言えるはずだ。

「ウェーザさんは鋭いね。もちろん、流行りは大事な加算ポイントになるよ。中でも、ラントバウ王国ではバラの交配が昔から人気だね」

「交配……ですか？」

〝重農の鋤〟で農作業を始めてだいぶ経つけど、まだまだ知らないことも多かった。

「違う種類の花を掛け合わせて、新しいタイプの花を作ることさ。例えば、赤色のバラと白いバラから赤白模様のバラを作るといった具合にね。その中からキレイな模様が出た花を出品するんだよ」

「へぇ、そんな方法があるんですか。でも、なかなか思い通りにはいかなそうですね」

「交配には細かい手順がいくつもあるんだ。たくさんの株を用意したり、手作業で受粉させたり、蕾が開く前に雄しべを全て取ってしまったり……。育てている間は他の花粉がつかないように気を付けることも大事だね。場合によってはその花だけ別の場所を用意する必要もあるよ」

想像以上に手間暇がかかる作業のようだ。聞いただけで難しそうだった。

「交配はただでさえ時間がかかるからね。しかも上手くいく保証はない。〝花の品評会〟まで時間もないし。もし失敗したら出場さえ危うくなるかもしれない」

「そうだね。アタシも交配にチャレンジするのは少し危ない賭けになると思うさね」

「あの、〈さすらいコマクサ〉はどうでしょうか」

ネイルスちゃんの〝破蕾病〟を治してくれた花だ。ただでさえ見つけるのが難しいと聞いている。その珍しさは〝花の品評会〟でも評価されそうだ。

「栽培も上手くいっているし、どうだい、フレッシュ？」

「ええ、〈さすらいコマクサ〉は僕も考えていました。ラントバウ王国でも珍しいと思います。

ただ、展示の仕方で減点されてしまう気がするんです」

「「展示の仕方？」」

ジュエリーの品評会では、ただ宝石を並べているだけだった。

「〈さすらいコマクサ〉は太陽の光の方へ動くからね。〝花の品評会〟に出品したときは、逃げないよう檻に閉じ込めておかないといけない。そうなると、人によっては粗野な印象を持ってしまいそうなんだよね」

「なるほど……檻に入っていると印象も良くないですよね」

「品評会では花だけじゃなくて、鉢のデザインや花の飾り方も評価対象に入るんだ」

（そうか、運びやすかったり展示の仕方まで考えないといけないのか）

花の飾り方の全体が採点されるのだ。思っていたよりずっと厳しい品評会で、優勝に向けては少しも甘さは許されない。

「でも、僕は敢えてバラでない花にしようと思う。何年も専門的に育てている家には勝つのが難しいだろうしね。それに……」

フレッシュさんは言葉を止める。

「ロファンティならではの花で勝負したいな」

ポツリと呟いた。その言葉から、本当にロファンティが好きなのだとわかった。

「だがな、ラントバウ王国って農業大国なんだろ？　ここら辺にある花なんて、全部揃っているんじゃないか？」

「うん、あの国には本当にたくさんの作物や花が育っている。だけど、ロファンティと違って一年中気候が安定しているんだ。だから、農業が発展したんだけどね。ロファンティの特殊な気候で生まれた花なら、ラントバウ王国でも見かけないと思うんだ」

「なるほど、それなら逆手を取ってロファンティにしかないお花で勝負できますね」

気候が変われば植物の育ち具合も変わる。きっと、〈さすらいコマクサ〉以外にも珍しいお花が咲いているはずだ。

「〝重農の鋤〟でもまだまだ見つけていない花はたくさんあるからな。探せば良い花が見つかるだろうよ」

そして、私たちが話している間にも、アグリカルさんは真剣な顔で考え込んでいた。

「……フレッシュ。この前行商人が言っていたんだけどね、南の方で〈歌うたいのマーガレット〉が咲いているって言っていたよ」

「う、〈歌うたいのマーガレット〉ですって⁉」

フレッシュさんは大いに驚いている。かなり珍しいお花のようだ。

「あの、どんなお花なんですか？」

「その名の通り、歌を歌うマーガレットだよ。分類上は歌唱植物さ。どうやら、育つには複雑な気象の変化が必要みたいでね。世界的に見ても結構珍しい花だと思う。僕もロファンティに来て初めて存在を知ったくらいさ」

「そんな花があるんですか……」

「この辺りは天気が変わりやすいからね。まだ見たこともない新種の植物が多いんだと思う」

（ロファンティにはまだまだ知らない植物があるんだな）

「フレッシュ、ラントバウ王国に咲いているのを見たことあるかい？」

「いえ、僕の記憶では聞いたことありませんね。うちの図書館でも名前すら見たことがなかったような……」

「だったら、決まりだね。品評会には〈歌うたいのマーガレット〉を出そうよ」

「ええ、僕もそれが良いと思うのですが……ちょっと待ってください」

フレッシュさんは何か思ったようで本を取り出す。少しの間ペラペラとめくると、浮かない顔で話し出した。

「ただ、肥料の質や生育環境にかなり左右される性質を持ってまして……普通に育てるだけじゃ聞くに堪えない歌しか歌わないそうです。読めば読むほど難しいことしか書いてありません。本当に上手く育つか不安です」

自信を失っているフレッシュさんを見るのは初めてだ。いつもなら絶対にできるというオーラでいる。それほど今回の勝負には追い詰められているのだろう。いきなり、アグリカルさんがフレッシュさんの背中をバンッ！　と叩いた。

「いたっ！　何するんですか、アグリカルさん！」

「フレッシュ、あんたがそんなんじゃ育つ物も育たないよ！　いつも自分で言ってるじゃないか。作物には世話する者の心が伝わるって。今回もそれと同じなんじゃないかい？」

フレッシュさんはビックリしていたけど、納得したようにフッと笑った。

「アグリカルさんの言う通りですね。僕としたことが一番大事なことを忘れていたみたいです。やりましょう！　父上たちに素晴らしい歌声を聞かせてやりますよ！」

「よく言った！　それでこそフレッシュさね！　鉢植えも心配しなさんな！　アタシが良いデザインの鉢を考えてやるよ！」

「天気予報なら任せてください。どんなにわずかな天気の変化も見逃しませんから」

「俺だって肥料ならいくらでも作ってやるぞ」

ここにいるのはフレッシュさんの味方ばかりだ。みんながいれば、どんな高い壁も乗り越えられる。

「ありがとう……みんなの力を貸してほしい」

こうして、品評会に出品するお花は〈歌うたいのマーガレット〉に決まった。

「後は誰が探しに行くかだが……どうする？」

「僕が探しに行ってくるよ。自分が戦う品評会だからね」

「フレッシュが行くんならアタシも行こうかね。〝重農の鋤〟のトップとナンバー2が行けば絶対に見つかるはずさ」

ラフさんも一緒に行くと言っていたけど、フレッシュさんから〈歌うたいのマーガレット〉を最高の状態で迎え入れる準備を先導してほしいと頼まれていた。そうした話し合いの結果、お花探しをする人はフレッシュさんとアグリカルさんに決まった。

「いつ頃探しに行くんですか？」

「すぐにでも行きたいところだけど、その前に肥料の作り方とかを考えておこうかな。その方が効率いいからね」

「アタシも一緒に考えるよ」

その日から、私やラフさんたちはギルドの仕事を、フレッシュさんとアグリカルさんは〈歌うたいのマーガレット〉探しの準備を手分けして行っていった。そのうち下準備も終わり、出発の日がやってきた。

「では、そろそろ行ってくるよ。絶対に〈歌うたいのマーガレット〉を採ってくるからね」

フレッシュさんは力強く約束してくれた。行商人の話にあった南の方へ行くのだ。ギルドの前で、ラフさんとネイルスちゃんと一緒に見送る。

「気をつけて行ってこいよ。怪我でもしたらしょうがないからな」

「肥料作りは私たちに任せてください」

「お花がグングン育つような土を作ってあげるよ」

時間もたくさんあるわけじゃないので、分担して進める計画になっていた。

「〈歌うたいのマーガレット〉にも落葉堆肥を使おうと思うんだ。肥料の作り方とかは、この本にまとめておいたからね。大変だと思うけどよろしく頼むよ。この辺りに生えている植物で作れるように調整してあるから」

「ふむ、落葉堆肥か。任せておけ。だが、落ち葉が発酵するのに数か月はかかるぞ。品評会までに間に合うか？」

「畑にまく用に作っているのは、いつも早めに用意しているもんね」

落葉堆肥は落ち葉が土の成分によって腐り、それ自体が土のようになった肥料だ。葉っぱが分解されていくのはゆっくりなので、二、三か月くらいはかかってしまうことが多い。〝花の品評会〟のことを考えると間に合うか不安になった。

（もちろん、フレッシュさんが知らないわけがないと思うけど……）

「アグリカルさんが特別な道具を用意してくれるって言っていたから大丈夫だと思う」

「なるほど、それなら安心だな。だが、どこに行ったんだ？」

「そういえば、最近姿を見かけませんね」

「今日が出発だってのに何やってるんだ」

みんなで辺りを見回すけど姿が見えない。ここ一、二週間ほど、アグリカルさんを見かけていない。

「お～い、待たせてすまないね～！　いやぁ、遅くなっちまったよ！」

アグリカルさんがギルドの方から走ってきた。その背中にはいくつかの金物を背負っている。走るたびガランガラン！　と大きな音がしていた。

「どこに行っていたんですか、アグリカルさん。姿が見えなくて僕たちも心配してたんですよ？」

「悪かったね、みんな。ちょっと集中しすぎてたのさ。こいつらの最終調整が気に入らなくて

「こいつら?」アグリカルさんは苦笑しながら背中の金物を下ろす。銅色のスコップと大きなたらいだった。

「フレッシュから落葉堆肥を使うって聞いたからね。落ち葉の腐食を早める道具を造ってたんだ。こいつらを使えばあっという間さ。混ぜるときはこのスコップとバケツを使うんだよ。特別な魔力を込めてあるからね。肥料ができるのをスピードアップしてくれるはずさね」

「そ、そんな効果が……!?」

アグリカルさんが銅色のスコップを渡してくれた。小ぶりではあるけど、ずしりと重い。きっと、大きいのは私とラフさん、小さいのはネイルスちゃん用だ。特別な魔力が込められているといっても、〝重農の鋤〟のマークが刻まれている以外は何の変哲もなかった。

「見たところ、ただのスコップとたらいだが……普通に使うだけでいいのか?」

「ああ、たらいに落ち葉と土を入れてかき回せばいいよ。ただね……魔力をものすごく消費してしまうのさ。どっと疲れると思うから、休み休み使うんだよ」

「たしかに、持っているだけで魔力が吸い取られている気がするな」

私もスコップを持ってみた。ラフさんの言う通り、持っているだけで魔力が吸収されていく。

アグリカルさんがパラパラと落ち葉をたらいに入れた。

「試しにこの中で土を掘り返してみな。葉っぱが崩れるはずだよ」

ラフさんが特製スコップで少しの土を加える。ちょっと混ぜ合わせただけで、あっという間に葉っぱがボロボロになってしまった。

「おお、こいつはすごいな。これならすぐに堆肥ができそうだ」

「もっと魔力の伝導率を上げられれば良かったんだけどね。アタシの技術じゃこれで精一杯だったよ」

「いやいや、素晴らしい技術です。少なくとも、私はこんなスコップを見たことがありません」

アグリカルさんはどんな道具でも作ってしまう。誰にも真似できないような技術を持っているのに、決して自慢したり驕ることはない。その頼りがいがある人柄だったり、謙虚に自信を持った姿勢に改めて敬服した。

「じゃあ、アタシらはもう行こうかね」

「よろしく頼んだよ」

「お気を付けて」

フレッシュさんとアグリカルさんを見送り、私たちも作業を始める。

「さて、俺たちもさっそく始めよう」

「お花が見つかるまでに堆肥を完成させせよー」

「気合が入りますね」

フレッシュさんの書いてくれた本をめくる。上質な落葉堆肥の作り方が、事細かに書かれていた。普段の農作業でも使うことはあるけど、それよりずっと手間がかかっている。

「落ち葉は〈星読みモミジ〉の葉か……〈潮騒ヤマブキ〉の花びらも使うと書いてあるな。そして、〈星読みモミジ〉は大三角形の物が良いようだ。他の形に比べて栄養価が高いらしい。ふむ、〈歌うたいのマーガレット〉専用と言った具合だな」

「ふーん、見つけるのが大変かもねぇ。ちょっと大仕事になるかも」

ラフさんとネイルスちゃんは難しい顔をしている。

「あの、〈星読みモミジ〉ってなんですか?」

「ああ、ウェーザはまだ知らなかったか。手の平みたいな葉っぱの木でな。葉は落ちると白い斑点が出てくるんだ。それが星座のように見えるから、星読みなんて呼ばれているのさ」

「クマの形に見えたり、お魚の形だったり、本当に色んな種類があるよ。でも、三角形を作るような斑点模様は珍しいかも」

「へぇ、そんな木が生えているんですか」

あっちの森にある、と二人は北の方を指していた。

「〈星読みモミジ〉がまとまって生えている場所がある。まずは現地に行ってみよう」

「はーい!」

「頑張って探しましょう」

農場を抜けてみんなで北に向かう。蓼藍の自生していた森より遠く、二時間くらいはかかった気がする。高くそびえた山々の手前に〈星読みモミジ〉の森はあった。幹が太くて背が低い樹が無数に生えていて、葉っぱはもっさりと生い茂っている。地面が隠れるほど落ち葉が落ちていて、人がまったく立ち入っていないことがわかる。この辺りはギルドより北に位置しているからか、農場にいるときより少し肌寒かった。ラフさんとネイルスちゃんは全然寒くなさそうで羨ましい。

（次来るときは羽織る物を持ってこよう）

さりげなく体をさすっていたら、ラフさんがポーチから小さなショールを出して私にかけてくれた。

「寒かったらこれを羽織っているといい」

「あっ……ありがとうございます、ラフさん」

ふんわりしたショールは大変に暖かく、日向ぼっこしているみたいにすぐ体がポカポカしてきた。嬉しいのと暖かいのとでほんわかしていると、ラフさんはもう一枚のショールを出した。

「ネイルスの分も持ってきたぞ」

「いらないよ。二人を見ていると暑すぎるくらいだからね」

「や、やめろ、ネイルス！」

追いかけ逃げる二人を見ていると幸せを実感する。ひとしきり追いかけた後、ラフさんが改めて向き直った。

「よし、手分けして探そう。俺は右の方を探す。ウェーザとネイルスは左側を頼む」

「はい、わかりました」

「りょーかい」

みんなで地面をガサガサ探す。〈星読みモミジ〉の葉っぱは、手の平みたいなので見つけるのは簡単だった。でも、鳥だったり剣だったり模様自体はたくさんあるのに、三角形の斑点はなかなか見つからない。たしかに、これは苦労する作業だった。ネイルスちゃんは楽しそうに葉っぱを探している。

「あっ、お兄ちゃん。バーシルちゃんみたいのがあったよ。ウェーザお姉ちゃんも見て」

葉っぱをペラリと見せてくれた。なんとなくバーシルさんが走っているような模様だった。

「へぇ、ほんとにバーシルさんみたいね。よく見つけたわね、ネイルスちゃん」

「ネイルス、真面目に探すんだぞ」

「わかってる～」

みんなでガサゴソ探すも、三角形の斑点模様はなかなか見つからない。途中、葉っぱの下で寝ていた虫が出てきたりして、ビックリしたりなんだりだった。

（落ち葉はこんなにあるのに見つからないものね）

しばらく探していると、少し離れた地面からのぞいている葉っぱが気になった。ひょいと拾い上げる。白い斑点がぽつぽつと、大きな三角を描くように浮き出ている。

「ラフさん！　見つけました！　三角形の斑点模様です！」

「なに!?　見せてくれ、ウェーザ！」

「ウェーザお姉ちゃんすごーい」

二人にも葉っぱを見せる。待ち望んだ三角形の斑点模様だった。

「おお、こいつは見事な三角形だ」

「これなら間違いようがないね」

みんなでワイワイ喜ぶ。

「でも……一枚だけじゃダメですよね。どれくらい必要なんでしょうか」

ラフさんとネイルスちゃんも、ハッとしたように固まる。

「ど、どれくらい必要なんだろう……お兄ちゃん」

「そ、そうだな、一言でいうと……たくさんだ」

目の前には見渡す限りの落ち葉が広がっている。みんな無言で作業に戻った。それからしばらく、私たちは黙々と落ち葉を探す。気の遠くなる作業ではあるけど、フレッシュさんのことを思えば少しも苦ではなかった。二週間ほど森に通い、落ち葉がこんもりとそこそこ大きな山になるくらい集まった。

「よしっ、こんなもんでいいだろう」

「だいぶ集まりましたね」

「でも疲れた～」

私たちの目の前には、三角形の斑点模様の葉っぱが積もっている。三人の努力の結晶で、品評会で優勝するための大事なピースだ。

「これだけあれば堆肥もできるだろう。二人ともありがとうな」

「いえ、フレッシュさんのためですから」

「私だってどんなことでも頑張るよ」

これで落葉堆肥の材料のうち、半分が集まった。あとは〈潮騒ヤマブキ〉の花びらだ。ヤマブキとしてはことのほか珍しい、海のような青色と聞いている。

「〈潮騒ヤマブキ〉って、花から海の音がするヤマブキですよね？」

「ああそうだ。〈歌うたいのマーガレット〉と同じ歌唱植物で、肥料として相性が良いらしい」

「波の音が大きいものを選んでほしいって書いてあるね」

フレッシュさんのメモには、採取するときの天気についても書かれていた。

「雨が降っているときに採取するのが一番良いみたいです」

「ああ、花びらに水分が蓄えられているようだ」

「逆に晴れているときに集めると、カラカラの花びらになっちゃうみたいだね。……あっ、ちょうど雨が降っているんじゃない？　空が黒くなっているよ」

「ウェーザ、森の方の天気も予報できるか？　少し遠いかもしれないが」

ラフさんが遠方を指す。やや離れているけど問題ないはずだ。

「大丈夫だと思います。では、予報してみますね」

空を見ながら全身に魔力を集中する。森の上空の天気が見えてきた。今は積乱雲がモクモクと成長していて、強い雨を降らしている。だけど、上空の西風も激しいので雲をどんどん吹き飛ばしていた。しばらくするとスッキリ晴れてしまうくらいだ。そして、だいぶ先まで大きな雲はできず雨も降らない。

「た、大変です。今採りに行かないとしばらく晴れてしまいます」

「なに、それなら今すぐ行こう！」

「早くしないと晴れちゃうっ！」

　急いで群生地へ向かう。〈星読みモミジ〉が生えていた森よりさらに遠いから、みんな息を切らしながら走って行く。でも、フレッシュさんのためなら、そんなのは苦労でもなんでもない。

〈星読みモミジ〉の群生地を抜けると開けた草原に出てきた。奥の方にポツンと青っぽい森がある。おそらくあの辺りだ。みんなで風に揺れる草花を踏みしめながら進む。ラフさんもネイルスちゃんもまっすぐ前だけを見ていた。身がより引き締まる思いで数十分ほど走っていると、目的地の森に着いた。この辺りはしとしとと、やや強めの雨が降り、目の前には〈潮騒ヤマブキ〉の美しい青い花が咲き誇っていた。風に乗って小さな波の音が聞こえてくる。心なしか、潮の香りまで漂っているようだった。

「良かった、たくさん咲いていますね」

「よし、雨が止む前に花びらを集めよう」

〈潮騒ヤマブキ〉の花に耳を当てる。注意して聞くと、ざざざ……という波の音が聞こえてきた。花の香りも相まって、目を閉じると本当に海にいるみたいだ。

「今回は〈星読みモミジ〉より簡単そうで良かったですね」

「まったくだ。あんなにきつい作業はしばらくご遠慮したい」

「楽しかったけど本当に気が遠くなるって感じだったよ」

　波の音を聞きながら、プチプチと花びらを集める。雨は少し強いけど、木陰を上手く使えば防げそうだ。傘を持ってくる時間もなかったので、みんなで濡れないように気を付けて花びらを採る。

「ウェーザ、雨は大丈夫か？　体が冷えてきたら教えてくれ」

「ええ、へっちゃらです。ラフさんの日よけ帽子のおかげで濡れずにすんでいます」

日よけ帽子を被っていると、ラフさんにすっぽりと守られているみたいだ。そう思っていたら、ネイルスちゃんがはぁ……と大きなため息を吐いた。ラフさんがぎくりと見る。

「ネ、ネイルスも大丈夫か……？　あ、雨のことだが……」

「大丈夫ですよー。ほんとにウェーザお姉ちゃんのことで頭がいっぱいだねぇ」

ネイルスちゃんは意味深長な笑みを浮かべ、やれやれと肩をすくめていた。

「だ、だから、そうじゃなくてだな……！」

「はいはい、わかってま～す」

ちょうど晴れ間が出てきたときに採取も終わり、ギルドへ戻ってこれた。

「終わってみれば、落ち葉も花びらもずいぶんと集まったな」

「みんなの頑張りのおかげですね」

「我ながら結構頑張ったと思うよ」

無事〈潮騒ヤマブキ〉の花びらもいっぱい回収できた。特製たらいの中に、〈星読みモミジ〉の落ち葉と一緒に入れる。あとはアグリカルさんの特製スコップで堆肥にしていくだけだ。

「じゃあ、みんなで混ぜ合わせるぞ」

「はい、息を合わせてやりましょう」

「本当にそんなすぐ疲れるのかな」

土を掬ったりこね回したり……スコップでかき混ぜるたびに、落ち葉と花びらがどんどんボロボロになっていく。

（あっという間に崩れちゃった。やっぱりアグリカルさんはすごいなぁ。だけど……）

ほんの少し肥料を混ぜているだけなのに、かなり疲れる。山でずっと【天気予報】スキルを使っているのと同じくらいだ。ラフさんたちも額に汗かき、息がハアハアしていた。

「なるほど……たしかに、こいつは疲れるな。……だが、めげるわけにはいかない。フレッシュとこの先もいられるよう、願いを込めながら作業しよう」

「そうだね、フレッシュのためにも……頑張らなきゃ！」

「フレッシュさんと……いつまでも一緒にいられますように……！　素敵なお花が咲きますように……！」

魔力とともに願いを注ぐ。美しいお花が咲いてくれることを祈って、みんなで懸命に肥料を作る。休み休み混ぜ合わせていくと、特製の肥料も無事に用意できた。私たちはホッと一安心する。

「〈歌うたいのマーガレット〉は見つかるでしょうか」

「大丈夫、きっと見つかるさ。アイツらの気持ちは植物にも伝わるだろう」

その後、肥料の手入れを進めているとギルドが騒がしくなった。フランクさんとメイさんが走ってくる。

「おーい、フレッシュたちが帰ってきたぞー！」

「ウェーザちゃんたちもおいでー！」

二人の言葉を聞いたとたん、身体に元気が戻った気がした。

「やったー！　思ったより早かったね！」

「ラフさん、二人が帰ってきたみたいです！」

「俺たちもギルドに戻ろう！」

疲れながらも小走りで向かう。街の方から、フレッシュさんとアグリカルさんが歩いてくるのが見えた。

「みんなー、ただいまー！　遅くなってごめーん！」

「アタシらが留守の間、大丈夫だったかーい？」

「おかえりなさーい！」

二人とも大きく手を振っている。

「おかえりなさい、お二人とも元気そうで良かったです」

フレッシュさんが抱えているものは黒い布で覆われている。きっと、〈歌うたいのマーガレット〉だ。

「フレッシュ、俺たちは今堆肥を作っているところだ。順調だぞ。かなり疲れるが」

「大変な作業を本当にありがとう。みんながいてくれて良かった」

「ねえねえ、早くお花見せてよ」

ネイルスちゃんが言うと、二人は表情が暗くなった。

「どうした、お前ら。もしかして……見つからなかったのか？」

「い、いや、違うよ！　〈歌うたいのマーガレット〉はちゃんと見つかったさ。花自体は思っていたより簡単に見つかったんだけど……」

「まぁ……ビックリしないでくれよ」

フレッシュさんは黒い何かを丁寧に地面へ置いた。

「じゃあ、行きますよ、アグリカルさん！」

「そうだね、隠していてもしょうがないもんね……それっ！」

二人は勢い良く布を取る。

《ボエー‼》

「「うわぁっ！」」

突然、重低音の大声が鳴り響いた。布から現れた花は一見すると大きなマーガレットだけど、普通の物より凶暴な雰囲気が漂っている。花びらは少ないし端っこがギザギザで、色も白というよりは濁った灰色だ。花の真ん中は暗い黄色で、怒った目と口のような模様が浮かび上がっていた。茎にはバラのような小さいトゲがあるし、とてもじゃないけど美しくはない。とはいえ、歌どころか音を出すお花なんて相当珍しい。

（だ、だけど、これは……）

《ボエ、ボエ、ボエー‼》

〈歌うたいのマーガレット〉は、低い唸り声みたいな音しか出さない。ラフさんとネイルスちゃんも拍子抜けしたような顔だった。

「フ、フレッシュ、これが本当に〈歌うたいのマーガレット〉なのか？　だいぶ、予想と違うのだが」

「聞いているだけで耳が悪くなりそうだよ」

「す、すごい声ですね。ビックリしちゃいました」

私たちはみんなボエボエ歌う花にたじろいでいた。フレッシュさんとアグリカルさんは苦笑いしている。歌と聞いていたから、元々美しい音を出すのかと思っていた。たしかに、これは育てるのが難しそうだ。フレッシュさんが黒い布を被せると、〈歌うたいのマーガレット〉は静かになった。

「〈歌うたいのマーガレット〉は光に当たると歌い出すんだ。だから、歌ってほしくないときは黒い布を被せれば大丈夫さ」

「だから、持ち運びも問題ないさね」

ただ……と二人は顔を見合わせる。

「どうやら、育っていた環境が悪かったみたいで、こんな歌しか歌わないんだ。これを歌というかは別だけど……。でも、肥料や水をきちんとあげればキレイな歌声になるはずなんだ」

こいつは正直な花なのさ。アタシが必ずとんでもなく美しい声にしてみせるよ」

「よし、みんなで頑張ろう」

そうだ、ここからが本番なのだ。みんなの努力で、この歌を素晴らしい物に変えるのだ。心の中でグッと決心する。

「では、さっそく落葉堆肥を与えるか」

「早くキレイな声になってほしいですね」

〈歌うたいのマーガレット〉を、落葉堆肥を敷き詰めた鉢植えに植える。こうしておけば、悪天候になってもすぐに避難できるというフレッシュさんの案だった。鉢植えもアグリカルさんがデザインしてくれた。マーガレットの模様と、〝重農の鋤〟のシンボルマークがセンス良く刻まれている。

《ボエッ！》

新しい鉢植えに入れたら、〈歌うたいのマーガレット〉は嬉しそうな声を出した。風は吹いていないのに体が微妙に揺れている。それを見て、ネイルスちゃんが楽しそうに呟いた。

「なんだか、お花も嬉しそうだね」

「きっと、みんなが作ってくれた肥料がおいしいんだよ」

さて、とフレッシュさんが本を開く。〈歌うたいのマーガレット〉についてまとめてくれた本だ。

「肥料は定期的に補充するとして、あとはキレイな水がどうしても必要なんだ」

「キレイな水か。いつも使っている農業用水じゃダメなんだな」

「ロファンティの水も十分キレイなんだけど、できればもっと上流の水にしたいんだよ。この辺りの環境だったら、ザリアブド山の湧き水がベストだと思う」

「『ザリアブド山……』」

ラフさんと一緒に遠方の山々を見る。威圧感を持った山が変わらずそびえていた。槍のように尖った頂《いただき》を見ていると、ホワイトグリズリーと戦ったときの緊迫感や、〈さすらいコマクサ〉を探し出したときの高揚感が鮮明に思い出された。

「なるべく不純物の入っていない水を与えたいんだ。良い肥料と水が〈歌うたいのマーガレット〉を歌わせるのに必須でね」

他の作物を育てるときは、いつも川のお水を使っている。やっぱり、〈歌うたいのマーガレット〉を育てるのは難しいようだった。

「となると、採りに行く必要があるな」

「今回もしっかり準備して行かないとですね」

ザリアブド山の険しさは今でも覚えており、自然と表情が硬くなる。

「大丈夫、登山する必要なんてないさ」

と、そこで、アグリカルさんが小さな円盤みたいな物を取り出した。見たところ、金属でできているようだ。

「アグリカルさん、それはなんでしょうか？」

「こいつは特製のろ過板《かばん》だよ。これをつければ、どんな水もたちまちキレイになっちまうんだ、ちょっと見てなね」

アグリカルさんはバケツに土とお水を入れ、ぐるぐるとかき混ぜる。茶色い泥水ができた。それをジョウロに入れ、先っぽに特製ろ過板をつける。下に向けるとキラキラした透明なお水が出てきた。

「え⁉　ど、どうして⁉」

「なんだ、これは！　泥水じゃなかったのか⁉」

ジョウロの中に入っているのは茶色い泥水だ。でも、出てくるお水は透明に澄んでいる。川のお水と違って、ひとりでにキラキラと輝くほどだった。

（あの泥水がこんなキレイになるなんて……）

驚いている私たちに、アグリカルさんはろ過板を持ちながら説明してくれた。

「こいつは水の中の汚れや不純物を全て吸い取ってくれるのさ。〈歌うたいのマーガレット〉のために、何日も寝ずに機能を追求してきたよ。だから、ザリアブド山の雪解け水にも負けないし、なんなら圧勝しちまう気すらあるね」

「こんなすごいろ過装置なんて僕も初めて見ました！　アグリカルさん、ありがとうございます！　これでみんなを危険な目に遭わせなくて済みます！」

「それなら良かったよ。徹夜した甲斐があったってもんだね」

私たちの中でも、フレッシュさんが一番喜んでいた。だけど、アグリカルさんは目の下にクマができている。いつもは疲れなんて感じさせないのに、疲労感が滲み出ていた。

「アグリカルさん、少し休んだ方がいいんじゃないですか？　僕にももっと仕事をください」

「フレッシュ、これくらいはなんともないよ。アンタには農業の方針を決めてもらったり、作物の販売ルートを探してもらったり、ギルドを創ったときからずっと世話になってばかりだからね」

　アグリカルさんは穏やかな笑顔でフレッシュさんを見る。二人の間には、長く過ごしてきた間柄じゃないと築かれない信頼感が満ちていた。絆の強さが垣間見え、これ以上ないほど頼もしい二人だ。

「さあ、まだまだやることはたくさんあるよ！　ギルドの仕事もあるからね！　とっとと片付けちまうよ！」

「「はい！」」

　アグリカルさんの元気な掛け声でみんな仕事に戻る。その日から普段の農作業と一緒に、〈歌うたいのマーガレット〉のお世話も始まった。アグリカルさんの特製ろ過板でキレイになったお水をあげ、一日に数回肥料を取り換えていると怖そうな見た目にも少しずつ変化が現れた。花びらは枚数が増えて柔らかい丸みを帯び、色も汚れた灰色から清らかな白色になっている。茎だって痛々しいトゲは消え、肌触りが良さそうにスベスベだ。二週間くらいしたある日、ラフさんと一緒にお水を上げようとしたら、〈歌うたいのマーガレット〉の体がゆらゆらしているのに気がついた。怒ったような目と口の模様も、ニコニコしたかわいい笑顔に変わっている。

（今日はいつもより、もっとご機嫌に見えるなぁ）

《ラララ～、おいしいご飯とおいしいお水で良いお花～》

　お水を振りかけた瞬間、突然〈歌うたいのマーガレット〉が歌い出した。体を揺らしながら楽しそうに歌っている。オルガンが奏でる和音のような味わい深い響きに、讃美歌を思わせる高貴な旋律。荘厳な教会で祈りを捧げているときの厳かな気持ちで心が満たされる。行ったことさえない天界のイメージが湧き出すほどに、聴いているだけで心が明るく豊かになる美しい歌声だった。思わず夢心地になっていたけど、どうにかして現実へ戻り大慌てでフレッシュさんを呼ぶ。

「フレッシュさん、来てください！　〈歌うたいのマーガレット〉が歌っています！　お花の形も変わっていますよ！」

「おい、こいつはすごいぞ！」

「ちょっと待って、今行く！」

フレッシュさんが転びそうな勢いで走ってきた。〈歌うたいのマーガレット〉を見ると驚愕した様子で叫ぶ。

「ほんとだ、こんなに可愛い花になるなんて。いや、それよりも……こ、言葉を話しているじゃないか！　これは驚いた……」

「お前でも聞いたことはないのか？」

「こんな報告は今までないはずだよ。よっぽど肥料と水が良かったんだろうね」

驚く私たちをよそに、〈歌うたいのマーガレット〉は楽しそうに歌っている。

《ララ～、私は良いお花～、毎日楽しい嬉しいな～》

その歌は一度聴くと耳から離れなくなる。ずっと聴いていたくなるような美しい歌声だ。今までこんなにキレイな歌声を聴いたことはない。しばらく歌声に浸っていると、アグリカルさんが

ギルドからやってきた。

「誰だい、キレイな声で歌っているのは。もっと聴きたくなっちゃうじゃないか」

「アグリカルさん！　それが、〈歌うたいのマーガレット〉なんですよ！　こっち来てください！」

「なんだって⁉　……こりゃあ、おったまげたね。まさか人間の言葉を使って歌うなんて」

「これもアグリカルさんが色んな道具を作ってくれたおかげですよ」

農作業が終わると、誰からともなく〈歌うたいのマーガレット〉と一緒に歌うようになっていった。みんなで共に歌っていると、さらに私たちを信頼してくれる気がしたのだ。もちろん、出発に向け移動中に〈歌うたいのマーガレット〉が枯れないよう、落葉堆肥や濾過水をたくさん用意することも忘れない。

いよいよ明日出発という夜、ギルドの酒場で宴が開かれた。英気を養ってほしい、という〝重農の鋤〟からの贈り物だった。

「さあ、長旅になるからな。好きなだけ喰ってくれ」

「たくさん作ってるから遠慮しないでね」

フランクさんとメイさんが次から次へとお料理を運んでくれる。みんなは楽しそうにしているけど、フレッシュさんは表情が険しく、握った拳がカタカタと小さく震えていた。励まそうとしたら、アグリカルさんが先に語りかけた。

「大丈夫かい、フレッシュ」

「……あっ、すみません。ボーっとしちゃって。他の参加者のことを考えると、どうしても不安になってしまうんです」

「なに、ここまで来たらやるだけさ。できることは全部やったんだからね」

アグリカルさんが毅然とした態度で話すと、フレッシュさんの震えはすぐに止まった。今さっきまで険しかった顔も、いつも見る温和な表情に戻っていた。二人は強い絆で結ばれている。それが一番の武器な気がした。

「じゃあ、明日も早いしもう寝ようか。みんな、今日はありがとうね」

「「はーい」」

宴は早めに終わり、みんな自室へ戻る。ベッドに入るとこれまでの日々が思い出された。肥料作りやキレイなお水の用意など、できることは全てやったと思う。

(いよいよ明日出発なのね……)

〝花の品評会〟で大公爵夫妻と戦う。今までのみんなの努力を見せるときが来たのだ。


ラントバウ王国、出発の朝。ギルドのみんなとはしばしのお別れだ。

「じゃあ、みんな行ってくるからね。アタシらが留守の間は頼んだよ」

「行ってらっしゃい……でも、やっぱり寂しいな」

『俺がいるから安心して行ってこい。ギルドはしっかり守ってやるさ』

フレッシュさん、アグリカルさん、ラフさん、私の四人で向かう。ルークスリッチ王国に行ったときと同じメンバーだ。

「ウェーザちゃん、これお弁当だよ。昼ごはんにでも食べてくれ。みんなの好物が入っているからな」

「これ食べて少しでも元気つけて」

「ありがとうございます。大事に食べますね」

フランクさんとメイさんがお弁当を渡してくれた。でも、あのときと違って見送るみんなの表情は厳しい。晩餐会という楽しい目的ではなく、フレッシュさんの行く末が決まる大事な勝負が始まるからだ。ネイルスちゃんとバーシルさんがおずおずと前に出てくる。

「フレッシュ、頑張ってきてね。これ、バーシルちゃんと作ったの」

『お前が勝てるように祈っておいたぞ』

ネイルスちゃんが色とりどりのお花で編んだネックレスを差し出す。フレッシュさんは嬉しそうに受け取った。首に巻くと笑顔で二人の頭を撫でる。

「ありがとう。どんな相手にも勝てそうな気持ちになるよ」

「〝重農の鋤〟から祈っているね」

「大丈夫、絶対に優勝してくるよ」

馬車の荷台に荷物を積み込む。食べ物や水、落葉堆肥、特製ろ過板、そして〈歌うたいのマーガレット〉……。フレッシュさんは御者席に座るも、やっぱりお花が気になっているようだった。

私がラフさんの顔を見ると、コクリとうなずいた。

「フレッシュさん、御者は私が務めます」

「え？　ウェーザさんが御者をやってくれるのかい？」

「はい、私がやります。フレッシュさんは〈歌うたいのマーガレット〉をしっかり見ていてあげてください。その方がお花も安心だと思いますから」

そう伝えると、フレッシュさんは明るい顔になったけど、すぐに心配そうな表情になった。

「で、でも、御者は結構難しいよ。手綱を扱うのも意外と疲れるし」

「大丈夫です。ラフさんに馬の操縦を教えてもらっていたので」

「ウェーザはなかなか筋がいいぞ。安心して任せればいいさ」

私からお願いして、ラフさんに御者の訓練をつけてもらっていた。おかげで、一通りの操縦ならできるようになった。アグリカルさんも荷台から声をかける。

「お言葉に甘えてればいいんだよ、フレッシュ。こっちにおいで」

「ありがとう、二人とも。それじゃあ、ぜひお願いするよ」

フレッシュさんは荷台に乗り込むと、大事そうに〈歌うたいのマーガレット〉を抱えた。ちょうど雲が避けて日差しが差してくる。

《ララ〜、良いお花はキレイなお花〜、明るい心で明るい明日〜》

〈歌うたいのマーガレット〉が揺れながら楽しそうに歌う。

「ふふっ、言い得て妙ですね」

「明るい心で明るい明日……か。花が言っている通りだな」

「何事も元気が一番ってことさね」

「まさか、〈歌うたいのマーガレット〉にまで励まされるとは思わなかったよ。ありがとう」

《ララ〜、良いお花も元気が一番〜》

みんなであはは、と笑う。御者席に座り、ラフさんと顔を見合わせる。

「では向かうか。頼むぞ、ウェーザ」

「はい、行きましょう。それっ！」

勢い良く手綱を振って馬車が動き出す。向かうは農業大国、ラントバウ王国だ。

第五章　〝花の品評会〟

　ロファンティを出発した後、丘陵地帯をずっと東に進んで大きな川を三本渡り、ようやくラントバウ王国にたどり着いた。〝花の品評会〟に出場することを伝えると入国手続きもスムーズに済んだ。どうやら、大公爵夫妻が話を通してくれていたみたいだ。さらに一日ほど馬車を走らせ、予定通り品評会の当日に会場となるお城へ着いた。見渡す限り人であふれている。

「ここが品評会の会場かいな。ずいぶんと立派だよ」

「いっぱい人が来ています。やっぱり有名な行事なんですね」

　フレッシュさんが衛兵に話すと、すぐに中へ案内してくれた。家を出ていても大公爵家の跡取りなんだなと思った。野外だけどテントの準備もされており、ルークスリッチ王国とはまた違った服の人たちもいて緊張する。ほとんどが貴族か、その使用人だった。私たちを見てコソコソ話している。

「あそこの一行は見かけない顔だな。品評会に出品するのだろうか」

「見るからに規模の小さそうなグループじゃないか。俺たちの敵ではないな」

「ちょっと待て、あのお方はフレッシュ様じゃないか？　家を出て久しいと聞いていたが戻ってきたのか……」

　参加者たちの話し声が聞こえると、フレッシュさんも少し表情が厳しくなった。周りにはラントバウ王国の貴族たちと思われるグループしかいない。やっぱり、他国からの参加者は珍しいようだ。それに、彼らの花がちらりと見えたが、どれもとにかく美しいお花だった。アグリカルさんたちが緊迫する気配が伝わってくる。

「よその花はそれだけでキレイに見えるね」

「どれもこれも珍しそうな花ばかりだな」

「僕たちも頑張って育てたけど、よく考えればそれはみんなも一緒なんだよね」

会場の雰囲気に気圧されたのか、みんないつもより元気がない。このままでは〈歌うたいのマーガレット〉までしょんぼりしてしまいそうだ。

「大丈夫ですよ、みなさん。きっと、〈歌うたいのマーガレット〉にも私たちの頑張りが伝わっているはずです」

「「ウェーザ（さん）……」」

「私たちはこの日のために懸命に努力してきました。他のお花たちもキレイですが、気持ちで負けてはいけません。前向きな心に一生懸命応えてくれるこの素晴らしい〈歌うたいのマーガレット〉が、私たちの味方でパートナーなんですから」

ここまで来たら、あとは勇気を持って望むだけだ。私が言うと、みんなは元気を取り戻してくれた。

「そうだね、ウェーザの言う通りだよ。戦う前から負けてるんじゃ世話ないさ」

「一番大事なことだな」

「僕たちが気持ちで負けてちゃしょうがないね。ウェーザさんのおかげで元気が出たよ、ありがとう」

他のお花たちは確かにキレイだ。でも、私には〈歌うたいのマーガレット〉の方がずっと美しく見えた。きっと、これは気のせいではない。私たちの努力は見る人にも伝わるはずだ。

「じゃあ、さっそく登録をしてこよう」

フレッシュさんを先頭に受付に向かう。

「すみません、登録をお願いします。出品はこの〈歌うたいのマーガレット〉です」

フレッシュさんは花が日に当たらないように気を付けてテーブルに乗せる。「品評会の前に歌わせてしまうとインパクトが弱くなる」とのことで、これも作戦の一つだった。

「〈歌うたいのマーガレット〉ですか。それはまたずいぶんと珍しいお花ですね……って、フレッシュ様⁉」

おそらく顔見知りだったのだろう。受付の人たちはフレッシュさんを見て驚いている。

「「お、お戻りになられたのですか⁉　すぐにルーズレス様とシビリア様にお伝えしないと！」」

「いや、その必要はありませんよ。僕は父上たちに言われて品評会に来たのですから」

「「そ、それはどういう意味で……」」

フレッシュさんが説明しようとしたときだ。辺りの空気が急に固くなるのを感じた。

「どうやら、花は用意できたみたいだな」

「どんな素晴らしいお花を見せてくれるのかしら」

「「ルーズレス様⁉　シビリア様⁉」」

後ろから厳《いかめ》しい声が聞こえる。大公爵夫妻だ。〝重農の鋤〟に来たときと同じような近寄りがたいオーラを放ち、こちらを冷ややかに見下ろしていた。

「来ないかと思っていたぞ、フレッシュ」

「品評会用の花が育てられないのでは、と私たちは心配していましたよ」

大公爵夫妻に見られていると、空高くからギロリと睨まれている気分になる。フレッシュさんも険しい表情で迎え撃つ。

「父上たちこそ、ご自信はあるのでしょうね。僕はどんな花を出されても負けない自信がありますよ」

「ふんっ、あんな痩せた土地で育つ花などたかが知れている。お前には悪いが、私たちが優勝させてもらう」

「私たちだって家をあげて花の栽培に取り組んできたの。あなたたちよりずっと美しい花なのは間違いないわ」

大公爵夫妻の後ろには、使用人たちがずらりと並んでいる。それぞれきちんとした園芸服を着ていた。専門の使用人たちのようだ。フレッシュさんと一緒に、一歩前に踏み出て言う。

「この日のために、僕たちはみんなの力を合わせてきたのです」

「フレッシュさんは本当にお花のことを考えています。美しく育てるのに必要な肥料の作り方を教えてくれたり、遠いところまでお花の採取に行ってくれました。何より、誰よりも時間をかけてお花に愛情を注いできたんです」

大公爵夫妻は怖いけど、これだけはきちんと伝えなければならない。

「そちらはウェーザ嬢だったな。遠路はるばるようこそ、ラントバウ王国へ」

「あなたとは違う機会にでもお会いできたら良かったわ。前にも言ったように手加減はしないから覚悟してね」

「私たちだって絶対に負けません。フレッシュさんのお花を大事に想う温かい気持ちが、この〝花の品評会〟でよくわかると思います」

そう伝えるも、二人は厳しい表情のまま私を見るだけだった。大公爵夫妻は、さて、とフレッシュさんを見る。

「約束は覚えているだろうな。優勝できなければ私たちの家に戻ってきてもらおう」

「もちろん覚えていますよ。でも、負けるつもりはありません。優勝するのは僕たちです」

三人の視線のぶつかり合いは火花が散るようで、貴族たちも良からぬ事情があると察したのか、会場の雰囲気もピリピリしている。と、そこで、衛兵の声が響いた。

「国王陛下がおいでになりましたー！」

バルコニーに王様と王妃様が現れた。王様は長い顎髭を蓄えた六十歳くらいの方で、魔法使いを連想するようなゆったりした濃い茶色のローブを着ている。目元の深い皺が柔らかい印象なこともあり、森の中に住んでいる穏やかな賢者みたいに見えた。王妃様も王様と同じくらいの年齢だけど、笑顔を湛えた美しい淑女だった。輝きの落ち着いたブロンドヘアーを頭の後ろで一つにまとめ、こちらは控えめに装飾されたドレスを着ていた。王様たちが現れると、徐々に観客の話し声も収まっていき会場は静寂に包まれていく。私たちも身なりを整え言葉を待つ。

「よく集まってくれたな。国の威厳を示す一年に一度の〝花の品評会〟の日が来た。審査は例年通り、各審査員の配点により行うものとする。ルールは……」

王様と王妃様は優しそうな雰囲気でホッとした。大公爵夫妻みたいに怖そうな人だったら、どうしようかと思っていた。

王様からルールの説明が行われたけど、概ねフレッシュさんから聞いていたのと同じだ。

「では、〝花の品評会〟を始める！」

「「わあああ！」」

参加者たちの歓声があふれる。いよいよ、フレッシュさんの行く末を決める〝花の品評会〟が始まった。右からも左からも、色んなお花の香りが漂ってくる。

「それにしても多種多様な花があるんだな」

「見たことないお花がいっぱいです」

「国内で一番の品評会だからね。年々出品数は増えているんだよ」

こんなにたくさんのお花が並んでいるのは私も初めて見た。参加者たちは、それぞれの花の良さを盛大にアピールしている。その様子が私たちの展示スペースからもよく見えた。

「さあ、みなさん！　これは活きのいい食虫《しょくちゅう》リップです。ほら、見てください」

一見するとただの黄色いチューリップだ。園芸服を着た人が、虫を花の前に持っていく。すると、バクンッ！　と勢いよく食べてしまった。私はうわっと驚いていたのに、ラフさんたちはまったく動じていない。それどころか、ラフさんはハハハと笑っていた。

「へぇ、虫を食べる花か。ロファンティにもいないかもな。それにしても、ウェーザはかなりの驚きようだった」

「……ふぅ、ビックリしました。いきなり食べるんですからね」

さらに向こう側では、幽霊のように半透明なお花が展示されていた。風に吹かれて茎が揺れている様子は、本当のお化けみたいだ。参加者の声が聞こえてくる。

「今回の品評会には世にも珍しい〈ユウレイ蘭《らん》〉をお持ちしました。花びらの大きさが一番の自慢でございます」

周りの人たちは、ほぅ……とか、すごいな……とか言っていた。有名なお花なのかな？　と思って興味津々に眺めていると、フレッシュさんが解説してくれた。

「ウェーザさん、〈ユウレイ蘭〉はなかなか見かけない上に育てるのが難しくてね。花びらがガラスみたいなんだけど、育つにつれてひび割れてしまうことが多いんだ。多少のヒビはあるけど、あれだけ大きく育てるにはかなりの根気と忍耐がいるよ」

「アタシもあれくらい大きな花びらは初めて見たさね。育てるのが大変だったろうよ……あれも強力な優勝候補だね」

「やっぱり、ラントバウ王国の農業レベルはかなり高いみたいだな」

たしかに、ここには貴重で美しいお花がいっぱいだ。それでも……。

《ララ～、キレイなお花がいっぱいね～、なんだか私も良い気分～》

〈歌うたいのマーガレット〉が歌いだした瞬間、会場内の視線が一斉に集まった。話し声が止んで静かになったと思うと、大きな歓声が沸き上がる。

「……お、おい！ 〈歌うたいのマーガレット〉が喋っているぞ！」

品評会の中でも、歌うようなお花は〈歌うたいのマーガレット〉だけだった。さっきからひっきりなしに人が集まってくる。

「どうやったら、人の言葉で歌うようになるのですか⁉」

「ここまで美しい歌声を出させるには、とにかく世話が難しいと聞いていますが……！」

「歌声を出させるだけでもすごいことですのに、人の言葉を話せるなんて。もしかしたら、世界初ではありませんか⁉」

出場者たちの質問攻めにあい、フレッシュさんは大変そうにしつつも嬉しそうだった。

「〈星読みモミジ〉の落ち葉と、〈潮騒ヤマブキ〉の花びらから落葉堆肥を作りました。落ち葉は春の大三角形を連想させるように斑点が三つ並んだものを、花びらは雨の日に採取することで水分をたっぷり含ませせました」

「なるほど！ ですが、それは相当な苦労ではありませんでしたか⁉」

「肥料は僕の仲間たちが作ってくれました。残念ながら全員で来ることは叶いませんでしたが、この二人が肥料作りを担当してくれたラフとウェーザさんです」

フレッシュさんに促され、参加者たちの前に出る。貴族たちの視線が集まり、喉がカラカラになるほど緊張してきた。

「ラフだ」

「ウェ、ウェーザです」

「彼らは大量の落ち葉から三角形の斑点模様だけを見つけ出してくれたのです。しかも、落葉堆肥が作れるくらいたくさんの落ち葉をです」

フレッシュさんが言うと、参加者たちから称賛の声が聞こえてきた。

「〈星読みモミジ〉は落ち葉が多い木だよな。数本生えているだけで、すぐに地面が隠れるのを見たことがある」

「私の屋敷にも生えているが掃除するのは本当に苦行だぞ。しかも、三角形の斑点は珍しいときた」

「それなのに落ち葉を探すなんて相当な苦労だったろうな。私は絶対に探したくない」

貴族たちはみな、腕を組んでうなったり、感服したように話し合っている。

「ウェーザさんのおかげで、〈潮騒ヤマブキ〉の花びらも雨の日に無事採取することができました。彼女は素晴らしい【天気予報】スキルを持っているのです」

天気予報と聞いた瞬間、参加者たちは色めき立った。

「そういえば、天気が100%わかる魔女様がいるって聞いたことがあります！　あなたがそうでしたか！」

「私の農園でも天気予報をしていただけませんか!?」

「いえ、ぜひうちの農場で！」

「うわっ」

わいわいと参加者たちに囲まれる。みんな気持ちが高揚しているようだ。ラフさんが急いで駆けつけて、私をギュッと抱き寄せた。その力強い抱擁に心臓が飛び上がって顔が熱くなる。ラフさんの胸に隠れて安心した半面、引き締まった筋肉にさらにドキドキするのであった。

「みんな、ちょっと落ち着いてくれ。そんなに囲まれたら苦しいだろう。大丈夫か、ウェーザ」

「は、はい、ありがとうございます」

私が息苦しくなるほど緊張している間に、ラフさんが人をかき分けて助け出してくれた。参加者からはさらに質問が飛んでくる。

「しかし、落葉堆肥を作るには時間がかかったのでは？　特に〈潮騒ヤマブキ〉の花びらは腐りにくい性質だったと思いますが」

「ええ、おっしゃる通りです。ですが、僕の仲間に優秀な鍛冶師がいまして……」

フレッシュさんが私たちの後ろで控えていたアグリカルさんを促して、貴族たちの前に出てもらった。

「ギルドマスターのアグリカルさんです。彼女が堆肥を早く作ることのできるスコップなどの道具を作ってくれたのです」

視線が集まると、アグリカルさんは照れた様子で笑っていた。

「そして、〈歌うたいのマーガレット〉に必要である清純な水も、アグリカルさんの特製ろ過板のおかげで用意できました。どんなに汚い泥水でも、一瞬でキレイな水にしてしまうんですよ」

「『そんな道具が⁉』」

「ほら、これだよ」

アグリカルさんが特製ろ過板を掲げる。いくら農業大国と言えど、そんな道具はなかなかないのだろう。みんな興味深そうに見ている。中でも、初老の男性は一段と強く興味を抱いたようで、ぐいぐい食いついていた。

「もっとよく見せてください！」

「うるさいね、見世物じゃないんだよ」

アグリカルさんも参加者たちに囲まれて大変そうだった。農業をする人にとってはどれも魅力的な道具に違いない。そして、今まで気づかなかったけど、参加者でも使用人でもなさそうな人たちもいた。辺りを注意深く見ながら歩いている。

「あの人たちは審査員だろうね。基本的に彼らは身分を明かさず審査するんだ。賄賂とかを渡されないようにね。花や鉢植えのデザインはもちろん、栽培の知識も判定されるよ。もしかしたら、さっきの質問者の中にも審査員がいたかもしれない」

質問者の中に審査員が……と聞いてヒヤリとした。そうか、品評会の間は一瞬の気も抜けないのだ。アグリカルさんが冷や汗を垂らしながら言う。

「そ、それを早く言いなよ、フレッシュ。アタシは変なこと言ってないかね？　うるさいとか言っちゃったよ」

「ははは、大丈夫だと思いますよ、アグリカルさん」

さて、とフレッシュさんが言う。

「みんな、勝負といっても品評会には色んなお花があるんだ。せっかくだから、少し見てきたら？　両親のスペースはこの先をまっすぐ行ったところさ。途中、色んな出場者の花を見てくるといいよ」

「で、ですが、〈歌うたいのマーガレット〉のお世話が……」

「俺たちはなるべくお前と一緒にいるぞ」

他の人たちのお花も気になるけど、フレッシュさんの傍にいてあげたい。

「いや、いいんだ。花の世話は僕に任せて。一人で考えたいこともあるし……それに、ここまで来たらあとは祈るくらいしかできないからね」

「そうか……では、お言葉に甘えるとしよう。ちょっとばかし見に行くか」

「あまり遅くならないようにしますね」

「あんたの両親たちの花も偵察してくるよ」

みんなと一緒に会場を進んでいくと、ひときわ大きな人だかりが見えてきた。それだけで誰の展示スペースかわかる。

「ラフさん……」

「ああ、あそこがルーズレスたちの花みたいだな」

「ずいぶんと人が集まっているね」

人だかりをかき分けて進む。そして、展示されているお花を見た瞬間、目を奪われてしまった。顔の大きさくらいまでありそうなエメラルドグリーンのバラが咲き誇っている。その花びらは宝石のように透き通り、日の光が当たるたびキラキラと輝いている。

「うわぁ……キレイ……」

あまりの美しさに、思わず感嘆の声が出る。

「なるほど……たしかに、こいつは美しい」

「悔しいけど美しいと言わざるを得ないね」

ラフさんもアグリカルさんも真剣に見つめていた。勝負の相手ではあるけれど、お花は本当に素晴らしい。彼らがあそこまで自信を持っている理由がよくわかった。他の参加者たちの実力に不安になったり、〈歌うたいのマーガレット〉の歌声を聴いては自信を取り戻したりしていると、花のお披露目の時間は終わった。私たちにできることはただ審査結果を待つことだけだ。言わずとも、みんなが緊張しているのが伝わってくる。もちろん、私もそうだ。明日……フレッシュさんの運命が決まるのだから。

翌朝早く、私たちは会場で待機していた。昨日一日かけて集計が終わり、このあと結果発表されるのだ。何もできないことはよくわかっているのだけど、あれこれ考えていたらよく眠れなかった。みんなも眠そうだ。

「もう結果発表かね。緊張してきたよ。ずいぶんと早いじゃないか」

「昨晩は落ち着かなくてな。正直よく眠れなかった」

「僕も昨日は眠れませんでしたね」

周りの参加者たちも同じように疲れが滲んでいる。勝負の相手は大公爵夫妻だけじゃない。この中の全員だ。

(大丈夫、みんなで頑張ったんだから)

言い聞かせるように、心の中で強く呟いた。

「国王陛下がいらっしゃいました！」

衛兵の声が轟く。みんなが姿勢を正すのがわかった。

「それでは、国王陛下。結果発表のほど、お願い申し上げます」

「ああ、そうじゃな」

国王陛下と王妃様がバルコニーに出てくる。ザワザワしていた会場も、徐々に静けさを取り戻す。

「では、みなの者。まずは〝花の品評会〟、ご苦労じゃった。ワシらも参加者に混じって楽しませてもらったぞ」

「どれもみんなキレイでしたね。目が癒されるようでしたよ」

王様の言葉を聞いて、会場はザワザワしだした。私たちも互いに顔を見合わせる。ここにいる誰もが気づいていなかったようで、周囲の人はみな驚いていた。

「え、今回も国王陛下と王妃様が参加してらっしゃったのか⁉」

「毎度のことだがまったくわからなかったな」

「変装がお上手すぎる」

もちろん、私たちの驚きも大変なものだ。

「王様も会場に来ていたなんて、まったく気づかなかったですね」

「ああ。しかし、大胆なことをする国王だ」

人に押されて怪我をする危険だってあっただろうに、度胸のある王様たちだなと思った。ラフさんと話していたら、隣からアグリカルさんたちの震える声が聞こえてくる。

「ア、アタシが怒ったヤツじゃないだろうね」

「だ、大丈夫ですよ……たぶん」

冷や汗をかくアグリカルさんを、同じく冷や汗をかいているフレッシュさんがフォローしていた。王様は衛兵から紙を受け取る。

「さて、そろそろ結果発表といこうかの。ワシとしては全部を優勝としたいが、そうもいかん。国の繁栄を示す大事な品評会じゃからな」

私たちを含めた参加者の全員が、ゴクリと唾を飲み込む音が聞こえた。緊張して体が震える。胸の前で手を組み、最後の祈りを捧げる。

「第三位は……リングール伯爵家の〈ユウレイ蘭〉！　一〇五点！」

会場の一角から、わあああ！　という歓声が沸いた。当主と思われる男女は涙を流して喜んでいる。

「ガラスのような花びらをよく割らずにあそこまで大きく育てたの。少しばかりヒビはあったが、近年でも稀に見るほどの功績じゃ」

「恐れ入ります、国王陛下……！　こんな喜びは他にございません……！」

園芸人たちも本当に嬉しそうだ。やっぱり、この品評会で評価されるのは何よりも名誉なのだ。

「私もあのお花は印象に残っています」

「あの幽霊みたいな蘭が三位か。たしかに幻想的な花だったな」

「アタシもキレイだと思っていたからね。納得できるよ」

フレッシュさんは真剣な表情で呟く。

「しかし、〈ユウレイ蘭〉で三位か……これは厳しい戦いになりそうだね。準優勝は堅いと思っていたけど」

そうだ、あんなに美しいお花でも三位なのだ。改めてこの大会のレベルの高さを突きつけられた。ドキドキして結果発表の続きを待つ。

「第二位は……グーデンユクラ大公爵家の〈翠玉《すいぎょく》ローズ〉！　一一八点！」

会場で一番大きな集団から、ひときわ大きな歓声がわく。その中心には大公爵夫妻がいた。会釈をして拍手に答えている。

「ありがとうございます、国王陛下。グーデンユクラ家としても誇りに思います」

「長きにわたって品種改良を行い、新種のバラを生み出したことは多大な功績じゃの。まるで宝石が花になったような美しさじゃった。ワシの寝室にも飾りたいくらいじゃよ」

王様に褒められて笑顔は見せているが、そこまで喜んでいるわけではなさそうだ。

「やっぱり、優勝以外は意味がないと思っているのでしょうか」

「父上たちのことだからね。きっと、そうさ」

「二位でも十分すごいと思うけどね」

（ルーズレスさんたちでも準優勝なんだ……やっぱり激しい競争なのね）

「さて、残すは名誉ある優勝のみとなってしまったな」

歓声も静かになり、残すは優勝の発表だけだ。心臓が痛いほどドキドキする。もしここで優勝できなければ、フレッシュさんとはお別れだ。

「栄えある第一位を発表する前に、どこが評価されたかをみなに伝えようと思う。ちょっと長くなると思うが最後まで聞いてほしいのぉ」

会場にいる誰もが王様に注目する。

「みなも知っての通り、花は非常に繊細な生き物じゃ。水や肥料が少しでも悪ければすぐに機嫌を損ねてしまう」

王様の言う通りだ。〈歌うたいのマーガレット〉を育てているときに痛いほど実感した。他の参加者たちもうんうんとうなずいている。

「他国からの参加というのは、輸送などの観点から花の状態を保つのに大変苦労する。そのような悪条件にも拘らず、彼らの花はまるで天使が歌っているような素晴らしい歌声じゃった」

王様の言葉を聞いた瞬間、私たちは顔を見合わせた。でも、まだ確信が持てず嬉しさと不安とが心の中で入り混じっていた。

「まぁ、あまり長々話してもよくないからの。発表といこう……」

心臓の激しく鼓動する音が耳にこだまして、周りの音が全然聞こえない。気を抜くと倒れそうなほどに緊張してくるけど、私の視線は王様に吸い寄せられたまま止まっていた。王様の口が開くまでやけに遅く感じるほど時間がゆっくり流れる。永遠に続くかと思われたそのとき、大事な仲間の名前が耳に飛び込んできた。

「今年の〝花の品評会〟の名誉ある優勝者は…………フレッシュ・ド・グーデンユクラと〝重農の鋤〟！　一二〇点！」

（う、うそ……ほんとに……？）

「「わあああああ！」」

一瞬の間をおいて、会場が大盛り上がりになる。

「い……今優勝って言ったのかいな？　アタシの聞き間違いじゃないだろうね？」

「聞き間違いなんかじゃありません。本当に僕たちは優勝できたんです！」

「やったぞ！　僅差で勝ったんだ！」

私たちは手を取り合い、空へ向かって思いっきりバンザイした。

「ボス、また例のガキと母親が来ましたぜ。ボスの予想通り、ツタ模様のアザが濃くなってますや」

「よし、うまくいっているようだな。通せ」

　ここはある貴族の屋敷の一角。部下の一人に指示すると、一組の母子が入ってきた。どちらも貴族にしては貧相なナリだ。母親が申し訳なさそうに話す。

「こんにちは、ヴァイス様。この子のアザが濃くなってきてしまいまして、診てもらえませんか？　ほら、坊やも挨拶して」

「……」

　別に寒くない季節だというのに、ガキはやたらと厚着している。だが、風邪などの病気にかかっているわけではない。ガキは〝破蕾病〟なのだ。くくく、俺が発病させたとは微塵も思わないだろう。

「う～む、おかしいですね。私の作った薬を飲んで〝破蕾病〟は治ったと伺いましたが」

「はい、お薬を飲んだときはキレイに治ったのですが……またアザが出てきてしまったのです。今ではランプの光でも痛がるようになってしまいまして……」

「なるほど、わかりました。もう一度診てみましょう」

「坊や、痛いけど我慢してね」

　母親はガキの服を脱がす。腕にはツタ模様のアザが浮かんでいた。この前見たときより濃くなっている。大方、俺の予想通りに進行しているようだ。

「たしかにアザが濃くなっていますね。痛くて苦しいことと思います」

「お薬をきちんと飲んだのにどうして治らないのでしょう」

ガキの腕を入念に見るフリをする。

「ふむ……どうやら、これは新種の〝破蕾病〟ですね」

「新種の〝破蕾病〟……でございますか？」

「ええ、北の国で見たのと症状が同じです。このままではさらに悪化してしまうでしょう」

「そ、そんな……」

母親は絶望の表情だ。俺は内心笑いが止まらなかった。ハハハ、そんなわけねーだろうが。新種なんて真っ赤なウソだ。まぁ、俺が作ったと考えたら新種と言えるかもな。

「大丈夫です、心配はいりません。私の開発した薬を増やしましょう。量を多くすれば治りますよ。極めて強力な薬なので」

「ああ、ありがとうございます。ヴァイス様。これでこの子も救われます。〈さすらいコマクサ〉がまったく見つからないので、どうしようかと思っておりました」

治ると言った瞬間、母親は安堵の表情を浮かべた。あまりにも簡単に事が進む。これは過去一番に楽勝な仕事かもしれない。

「それなら良かったです。あの花はなかなか見つからないことで有名ですからね。では、お代の方をいただけますか？　高くて申し訳ございませんねぇ。この秘薬の材料は入手が難しくて……」

偽薬《にせぐすり》を渡すと、母親は鞄から何枚もの金貨を出した。

「いえいえ、この子のためならいくらでもお出ししますわ。これくらいで足りるでしょうか」

「ええ、もちろんです」

病気になったガキのためなら、親はいくらでも金を出す。俺にはこいつらの顔そのものが金に見えて仕方がない。〝破蕾病〟とその病人は、まさしく金の卵だ。

「ありがとうございました、ヴァイス様。これでこの子も救われます」

「いえいえ、病人を救うのが薬師の仕事ですから。では、お薬をきちんと飲んでくださいね」

上辺だけの笑顔で送り出す。病人は不安に苛まれているからな。ちょっと笑顔を見せるだけで、すぐに信用する。騙すのは簡単だ。そして、入れ替わるように初老の男性が入ってきた。

「調子はどうだ、ヴァイス？」

「はっ、おかげさまで上々でございます」

こいつはクライム公爵。ラントバウ王国でも有数の貴族だが、かなり強欲な人物らしい。俺が〝破蕾病〟で商売することを提案すると、すぐ話に乗ってきた。

「〝破蕾病〟の特効薬は〈さすらいコマクサ〉で作った薬。だが、材料の花が非常に貴重だからな。ラントバウ王国でもなかなか見つからん。そこに目を付けた貴様は悪事の才能がある」

「いえ、それほどでも」

「それにしても、貴様の作った偽薬は巧妙だ。一時的に治すというのは良くできておるわ。治ったと見せかけて症状を悪化させれば、貴族たちはまた薬を欲しがる。貴族たちがおかしいと言っても、新種の〝破蕾病〟の症状だと言えば誤魔化せるしな」

　俺が作った秘薬は、ただの偽薬だ。〝破蕾病〟を治す力などまったくない。いや、むしろ悪化させられる。

「しかし、貴様はこの方面の知識が豊富だな……」

「元々、私はとある国で宮廷薬師を務めておりましたので」

　これは真実だ。俺は遠く離れた国で宮廷薬師までなった男だ。だから、医術や薬、毒の知識はたくさん持っている。まぁ、医術を悪用しようとしたら追い出されてしまったわけだが。クライムに取り分の金を渡す。

「貴様のおかげでワシの収入も増えておる。感謝しなければならないな」

「いいえ、お礼を言うのは私の方でございます。クライム様のおかげで商売がスムーズにできておりますので」

　少し前、この国はハリケーンに襲われたらしい。農場が潰れて困った小さい貴族がたくさん出た。そこにクライムは目を付けた。土地と家を貸し与えるという名目で契約を結び、搾取に近い形で金を吸い上げている。その土地と家の水源地はみな同じと聞いたとき、俺はすぐさま閃いた。水源地に〝破蕾病〟を起こす毒の結晶像《イズ・リスタ》を置く。こいつの中には、〝破蕾病〟患者の血液から抽出した毒を凝縮した結晶が詰まっている。そこからじわじわと毒が滲み出るという寸法だ。そうすれば、弱小貴族たちが発病し、偽薬で一儲けできる。〈さすらいコマクサ〉がまだ見つかっていないというのも好都合だった。農場が潰れたとはいえ、貴族は貴族。庶民よりかは金を貯め込んでいる。

「それにしても、クライム様はたくさんの貴族たちに土地を貸しているのですね。ここまで大きい家はなかなかないでしょう」

「大したことではない。農場が立ち行かなくなった小さい貴族を吸収してきただけだ」

クライムの下で働いている弱小貴族はたくさんいた。これはかなり儲かるぞ。

「ところで、像の方は大丈夫だろうな。れっきとした証拠だぞ」

「問題ございません。非常に強固に造った上、誰にも見つからないよう透明化する闇魔法もかけています」

俺は魔法も少し齧っているからな。毒の結晶像には特殊な結界をかけてある。普段は姿を現さない。とある気象条件のときだけは魔法が解けてしまうが、何も心配はいらなかった。天気なんて不確かな物は誰にも予想できないのだ。

「いずれはこの商売をもっと大きくしたいものだな。そのときは貴様の力も借りるぞ」

「ええ、もちろんでございます」

クライムは〝破蓄病〟で本格的な商売をしようとしているらしい。今はお試しといったところか。まぁ、その頃にはとんずらしているかもしれないがな。俺たちは基本的に長居はしない。稼ぐだけ稼いだら、すぐに国を変える。国が違えば法律も違うし風習も違う。俺たちの後を追ってこれるヤツなど、どこにもいない。だが、不安がないと言えばウソになる。

「クライム様。この件が他の貴族たちに知られると、少々厄介なことになると思うのですが……その辺りはいかがでしょう」

「問題ない。〝破蕾病〟のことは他言しないよう厳命している。我が土地から出るなど恥だとな」

クライム自身、閉鎖的な性格をしているらしい。契約していない貴族が屋敷に来ることもほとんどなかった。

「あの、クライム様！　突然失礼いたします！」

クライムと話していると、さっきとは別の女貴族が慌ただしく入ってきた。貴族らしからぬ必死さだ。

「どうした、騒がしくするんじゃない」

「そ、それが、子どもの〝破蕾病〟が悪くなってしまったんです！　新種の〝破蕾病〟ということでしたが、もしかしたら薬に……」

「黙れ！　さっさと出ていけ！　言われた通りに薬を飲むんだ！　まさか……ワシの紹介した薬師が怪しいとでも言うのか⁉」

「い、いいえ、そのようなことはありません！　申し訳ございませんでした！」

貴族はすごすごと引き下がる。こいつらはクライムの手下のような者たちだ。逆らえるはずもない。クライムが固く口止めしているので、他言される心配もない。楽な商売だ。さて、稼ぐだけ稼いだらとんずらしよう。もう少し稼がせてくれよ。

フレッシュさんもアグリカルさんもラフさんも、満面の笑みで喜んでいる。私とも手を取り合って大喜びだ。でも、すぐには実感が湧いてこなかった。

「〈歌うたいのマーガレット〉とは珍しい。さらに、その歌声の素晴らしさ、何と言っても人語を話すという希少価値が高く評価されたぞよ。ワシも初めて見た」

「私も長年王妃を務め、植物には詳しい自信がありましたが、人間の言葉を話す〈歌うたいのマーガレット〉を見たのは初めてです。非常に驚きました」

王様たちのお褒めの言葉が静かに響く。

「フレッシュ殿の知識の豊富さ、アグリカル殿の優秀な鍛冶能力、ウェーザ嬢の天気予報スキル、みなの全ての努力が組み合わさって育った花だとよくわかる！」

「お花の歌を聴いているだけで私たちにも伝わりました。おめでとう」

王様と王妃様が拍手をすると、他の参加者たちもいっせいに集まってきた。

「「おめでとうございます！　やっぱり、あなた方の花でしたか！　きっと優勝すると思っていましたよ！」」

フレッシュさんは拳を握りしめながら泣いている。

「僕たちの……いや、みんなの頑張りが認められたんだ……！　こんな嬉しいことは……他にないよっ……！」

ラフさんがそっと肩に手を乗せていた。すると、会場の端から大公爵夫妻が厳しい表情で歩いてきた。人だかりがサッとはける。大公爵夫妻は、私たちをきつく睨みつけた。

「ち、父上……母上……」

何か言われる前に、アグリカルさんとラフさんが、フレッシュさんと大公爵夫妻の間に立ちはだかる。

「なんだい。アタシらの優勝に文句を言おうというのかい」

「俺たちの優勝はきちんとした評価だぞ」

彼らが〝重農の鋤〟へ来たときと同じように、空気が張り詰める。他の参加者たちも緊張して私たちを見ていた。

「……いや、文句をつけようなどとはしていない」

「あなたたちを称えに来たのよ」

大公爵夫妻は、フッと笑う。

「フレッシュ、よくやったな。あの花を見たとき、お前たちが優勝するだろうと思っていた」

「優勝おめでとう。私たちの負けだわ。あなたも成長したわね」

大公爵夫妻の顔は、周りの参加者たちと同じ勝者を称える顔だった。

「……褒めるんなら険しい顔で近づいてくるんじゃないよ」

「ア、アグリカルさん！　……やめてくださいって！」

アグリカルさんがボソッと言うや否や、フレッシュさんはタジタジしながら大汗をかいていた。

大公爵夫妻の言葉を聞いて、ようやく実感が湧いてくる。私たちは〝花の品評会〟を優勝できたのだ。大公爵夫妻は改めて真剣な表情になると、丁寧に頭を下げた。

「〝重農の鋤〟の皆さん、このたびは本当に申し訳なかった。息子を取り戻すためとはいえ、大変失礼なことを言ってしまった」

「たくさんの非礼を詫びさせてちょうだい」

アグリカルさんはジッと大公爵夫妻を見ていたかと思うと、フッと小さく微笑みかける。

「なに、もういいさ。あんたたちにも事情があったんだしね。ギルドの連中にもアタシから伝えとくよ」

その言葉を聞くと、大公爵夫妻も安堵した様子でアグリカルさんたちと握手した。私たちの間にあった敵対心みたいにピリついた空気も消えていく。

「良かったら、お詫びも兼ねて私たちの家で祝勝会をしませんか？　精一杯おもてなしさせてもらうわ」

「いいね、ぜひお邪魔したいよ」

王様たちとの挨拶が終わると、大公爵夫妻は立派な馬車へ案内してくれた。ギルドへ来たときの物よりさらに豪華だ。

「さあ、遠慮せず乗ってほしい」

「一番良い馬車を用意したわ」

フレッシュさんたちはささっと乗ったけど、私は緊張しながら乗り込んだ。椅子はふかふかで馬車とは思えないほど広く、窓も大きくて開放感がある。私たちが乗ると、すぐに馬車は走り出した。ガタゴトと揺られていると、みんな疲れていたのか、うとうと眠ってしまった。なんだか心地よい夢を見ていたような気がする。


「みんな着いたよ。我が家へようこそ」

フレッシュさんの声が聞こえて目が覚めた。ぼんやりする眼《まなこ》をこすっていると、大きなお屋敷が近づいてきた。

「こ、ここがフレッシュさんの家……」

「じゅ、〝重農の鋤〟より大きいさね……」

「こいつは巨大な屋敷だ……」

グーデンユクラ大公爵家。つまり、フレッシュさんの実家なわけだけど、途方もなく大きなお家だった。シックな赤レンガの壁に落ち着いた茶色の屋根、目の前に広がるお庭は樹木が刈り込まれていて、それすらが立派な庭園だ。

「さあ、みんな。まずは家の中にどうぞ」

フレッシュさんに案内され、お屋敷に入る。

「「お帰りなさいませ、フレッシュ様！」」

「「うわっ」」

ズラリッ！　と使用人たちが規則正しく並んでいた。右にはメイドさん、左には執事さん。一分の隙もないほどに美しく並んでいる。

「フレッシュ様のお帰りを使用人一同、心待ちにしておりました」

「みんな、心配かけて本当に悪かったね。僕がいない間屋敷を管理してくれてありがとう」

フレッシュさんはサラリと挨拶を交わして進んでいく。さすがは跡取り息子だ。フレッシュさんと並んで歩く大公爵夫妻に、〝重農の鋤〟に来たときの威圧感はない。むしろ、穏やかで安心するような微笑みをたたえていた。

「なんだか、初めて会ったときと感じが違いますね」

「あいつらにもあんな顔ができるなんてね」

「なんだかんだ、親子ということなんだろう」

さて、とフレッシュさんが振り向く。

「みんな、祝勝会の用意はもうできているよ。大広間に案内するね」

大広間もこれまた広かった。横長のテーブルが部屋の端までありそうなほど置かれている。ルークスリッチ王国の大広間にも負けないくらいだ。

「では、フレッシュ及び〝重農の鋤〟の優勝を祝って……かんぱーい！」

「「かんぱーい！」」

ルーズレスさんの合図で祝勝会が始まった。たくさんの美味しそうなお料理が運び込まれてくる。子豚の丸焼きや、おいしそうな魚のフライなど盛りだくさんだ。もちろん、ラントバウ王国特産の作物たちもたくさん出されていた。少ししてから、大公爵夫妻もこちらに来た。

「あれから私たちも話し合ったんだが、思い返せばお前と会話することもあまりなかったな。仕事がどうしても忙しくて、お前を放っておいてしまった」

「あなたとちゃんと向き合わなかった私たちも悪かったわね。もっと私たちから歩み寄るべきだったわ。ごめんなさい」

「いえ……僕の方こそ勝手なことばかり言ってしまい申し訳ありません」

大公爵夫妻は優しくフレッシュさんを抱きしめる。

「フレッシュ。お前の様子を見ていたが、本当に楽しそうだった……」

「あなたの笑顔を見るのはいつぶりだったかしらね……」

「父上、母上……」

大公爵夫妻は寂しそうに呟いている。

「〈歌うたいのマーガレット〉を見ていると、お前の農業に対する気持ちが伝わってきた。よくあそこまで育てたな」

「あの歌声もフレッシュの真剣さが形になったようだったわ」

きっと、親子のすれ違いが確執の原因だったんだろう。フレッシュさんと楽しそうに話しているけど、当のフレッシュさんはやはり少し気まずそうだ。彼らの間にある長年のわだかまりを、今すぐ完全に解消することは難しいかもしれない。けれど、時折少年のように無邪気な笑顔で話すフレッシュさんを見ると、元通りの家族になる日も近い気がする。そして、大公爵夫妻は〝重農の鋤〟も褒めてくれた。

「〝重農の鋤〟の皆さんも、フレッシュに力を貸していただいてありがとう。息子だけでは到底成しえなかった偉業だ」

「あなたたちもラントバウ王国に負けないくらい素晴らしい技術を持ってらっしゃるのね」

アグリカルさんと固く握手を交わしている。

「諸々の道具はアグリカル殿が作ったと聞いている。そんな道具が作れる鍛冶師はラントバウ王国でもなかなかいないだろう」

「まだそんなに若いのにギルドを率いるとは、余程優秀な人なんでしょうね」

「あ、いや、そんな大したことじゃないさ」

アグリカルさんは照れつつも嬉しそうにしていた。

「ウェーザ嬢。天気予報が１００％わかるとは本当に羨ましい。天気は農業に必須の情報だからな。フレッシュからも、貴殿のおかげでギルドは発展できていると聞いている」

「ルークスリッチ王国とロファンティの両方で天気予報をしているみたいね。私たちの国にも来てほしいくらいだわ」

「お褒めの言葉恐れ入ります。でも、私にできるのは天気を予報することだけです。実際の農業はギルドの皆さんのお力だと思います」

「謙遜しなくてもいいのよ。あなたは本当に素晴らしい人なのだから」

大公爵夫妻の言葉を聞いて、ギルドのみんなや王国の人たちに感謝されるのとは、また違った嬉しさを感じた。

「それで、フレッシュ。お前の進退だが〝重農の鋤〟にいていい。むしろ、今のお前には必要な環境だとよくわかった」

「農業を勉強させてもらいなさい。だけど、たまには顔を見せなさいね」

「ありがとうございます、父上、母上！」

私たちが優勝したらフレッシュさんはギルドに残れると決まっていたけど、改めて言われると喜びがあふれる。

（よかった、これからもみんなと一緒にいられる……）

フレッシュさんは喜びながら話を続ける。

「あと、そうだ。僕たちは〈さすらいコマクサ〉の栽培にも成功したんですよ」

「……〈さすらいコマクサ〉？」

大公爵夫妻はピタリと動きを止めた。

「〈さすらいコマクサ〉とは、あの〈さすらいコマクサ〉か？　〝破蕾病〟の治療薬になる……」

「ラントバウ王国でも全然見つからないのに……」

「ええ、まさしくそうです。ここにいるウェーザさんとラフが登るのが非常に難しい山から採ってきてくれたんですよ」

説明を聞いても、大公爵夫妻は相変わらず唖然としていた。

「しかし、よく採取できたな……」

「ウェーザの【天気予報】スキルで動きを予想したんだ」

「「なるほど……そんな使い方もできるのか（ね）」」

　ラフさんと一緒に軽く会釈した。フレッシュさんは嬉しそうに話を続ける。

「〝花の品評会〟には管理の都合で出品を取りやめたのですが、これが非常に美しい花で……。風に揺れている様子は妖精が躍っているみたいなんです。ようやく小さな畑くらいは増やすことができました」

「フレッシュ、そういうことはだな……もっと早く言うもんだ」

「本当よ。そんな話を聞いていれば、あんな態度を取ることもなかったのに」

「え……？　あ、あのときはそんなことを考える余裕もなくて……！」

「「あはは」」

　フレッシュさんたちの確執は消えていく。静かに見守っていたラフさんに話しかけた。

「よかったですね、ラフさん」

「ああ。頑張って本当に良かったよ」

　出されているお料理には、どれも幸せの味がする。そのまま、和やかな雰囲気で夜も更けていった。お食事が終わると、フレッシュさんがお家の中を案内してくれることになった。

「では、父上、母上。眠る前に屋敷の中を案内してきます」

「そうだな。ついでに植物の標本も見せてあげなさい。ロファンティでは見かけない植物がたくさんあるはずだ」

「行ってらっしゃい。私たちは談話室にいるわ」

みんなと宮殿みたいな廊下を進む。壁にはラントバウ王国を描いたのだろう、美しい風景画が何枚も飾られている。アグリカルさんとラフさんも、楽しそうに眺めつつ歩いていた。

「どれも素敵な絵だね。偉い画家が描いた絵なのかい？」

「いいえ、ほとんどは父上と母上が描いた物です。二人とも絵画が趣味だったので」

「え、そうなんですか？　すごい……とってもお上手ですね」

「へぇ……ずいぶんと立派な絵を描くもんだな」

長い廊下には赤絨毯が敷かれていて、寒さに震えることもない。豪華な調度品も飾られていて、まるでお城の中にいるみたいだった。大きな窓の近くに来たとき、フレッシュさんが立ち止まった。

「みんな、この窓からうちの農場が見渡せるよ。もう暗いけどまだ作業してるね」

夕暮れに照らされて、うっすらと広い農場が見えた。空中にはポツポツと灯りが浮いている。遠く地平線の方まで続いているので、薄暗いけどその広さがよくわかった。

「〝重農の鋤〟の農場もかなり広いと思いましたけど、ここはそれ以上ありそうですね」

「ラントバウ王国の農場ってどこもこれくらい広いのかい？」

「いいえ、自分で言うのもなんですが、グーデンユクラ家の土地は国の中でも相当大きいですね」

「へぇ、さすがはフレッシュの家だな」

少し農場を眺めたあと、フレッシュさんは地下室に案内してくれた。

「さあ、どうぞ。ここが標本室だよ。国内の貴重な植物の標本が保管されているんだ。幼い頃よく来たもんさ」

大きなガラスの扉が壁一面に置かれ、古い図書館のような匂いが漂っていた。アグリカルさんが感心した様子で眺めている。

「立派なもんじゃないか。さすがは大公爵家だね。いずれは〝重農の鋤〟でもこういう部屋を作りたいもんさね」

「ああ、ギルドの作物もきちんとした記録に残しておきたいな」

「こんなにたくさんの標本を見るのは私も初めてです。圧倒されてしまいますね」

フレッシュさんが棚から一冊の本を取り出した。

「〝重農の鋤〟にあるような植物の標本も揃っているよ。これは〈閃光ヒマワリ〉の標本だね」

「俺たちにも馴染み深い植物だ」

本の中には見慣れた植物がこぢんまりと収まっている。ただ、花びらも種も〝重農の鋤〟で育てている物よりも少し小さかった。

「ギルドの〈閃光ヒマワリ〉より小さいですね」

「ロファンティの天気は変わりやすいから、負けじと花も大きくなったのかもしれないね。いずれはその辺りも調べてみたいよ」

「フレッシュさんの好きな植物とかってありますか？」

「もちろんあるよ。特に、この〈ベビーレモン〉が印象深いね」

そう言って、小さな箱を持ってきてくれた。指先で摘めそうなほど小さいレモンの切り身が保存されている。

「うわぁ、小っちゃくてかわいいレモンですね」

「その名の通り、世界最小のレモンなんだ。プランターでも育てられるくらいだよ。特別な効果もないただのレモンなんだけど、僕が初めて育てた作物なんだ。この標本を見るたび初心に戻って言うかね……農業に対する姿勢が正しくなるような気がするんだ」

その言葉を聞くと、目の前の標本は特別な物のように思えてくる。

「私にとっては〈太陽トマト〉がそんな存在かもしれません。初めてギルドに来たときにいただいたスープの味は忘れません」

「俺だったら何と言っても〈さすらいコマクサ〉だな。あの花のおかげで俺もネイルスも人生が変わったようなもんだ」

「みんなも好きな標本を見てごらんよ」

「じゃあ、お言葉に甘えて見させてもらおう」

ラフさんと一緒に標本室の中を歩く。野菜や花、毒のある植物など、細かく分類されているようだった。

「ロファンティでは見かけない植物がたくさんあるな。これは良い土産話ができた」

「あっ、これはスズランですかね？」

ビンの中に珍しいスズランがあった。細長い茎に鈴のようなお花がいくつか連なっている。不思議なことに、お花の部分は五色に移り変わっていた。赤、青、黄、緑、黒と、ゆっくり色が変わっている。

「すごいな、標本になっても色が変わるのか」

「見るからに特別なスズランですね」

ラフさんと眺めていたら、フレッシュさんがやってきた。

「ああ、それは〈五色《ごしょく》スズラン〉というんだ。赤い花を食べたら火属性の魔力が、青色は水属性、黄色は雷属性、緑は風属性の魔力が宿るんだよ」

「不思議なスズランですね。黒色はどんな効果があるんですか？」

「黒は毒なんだ。効果が知られていなかった昔は、間違えて食べてしまう人が多かったんだよね」

「ど、毒ですか。怖いですね」

興味深く眺めていると、少し離れたところからアグリカルさんの声が聞こえた。

「おーい、こっちに面白い植物があるよ」

「はい、今行きまーす」

アグリカルさんの前には細長いガラスケースがあった。透明なサボテンがまるごと保存されている。光を受けるたび、宝石のようにきらりと光っていた。

「フレッシュ、これはなんて言う植物だい？」

「これは〈水晶サボテン〉ですね。吸い取った水分を体の表面で水晶に変えてしまうんです。乱獲されて、今ではすっかり数を減らしてしまいました」

標本室にはいくらいても飽きないほど、多種多様の植物がいっぱいだ。しばらく思い思いの標本を眺めていると、疲れが出てきたのか眠くなってきた。フレッシュさんが肩をコキコキ回しながら私たちに声をかける。

「うちの標本はどうでしたか？　いかんせん数が多いですからね。今日はもう寝て、続きは明日にでも見ましょうか」

「いやぁ、楽しかったねぇ。ありがとう、フレッシュ」

「世の中には色んな植物があると改めて思ったぞ」

アグリカルさんもラフさんも満足げに笑っていた。

「フレッシュさん、貴重な資料を見せていただいてありがとうございました」

鍵がガチャンと閉められ、私たちは標本室を後にする。

「みんなには特等の寝室を用意してあるからね」

「ありがとうございます。でも、そこまでしていただいてなんだか悪いです」

（大公爵家の特等のお部屋なんて、とてつもなく豪華で素敵なお部屋なんじゃ……？）

恐縮に思いながら談話室の前を通ったとき、大公爵夫妻の声が聞こえてきた。

「……しかし、フレッシュたちが〈さすらいコマクサ〉の栽培に成功していたとは思わなかった。少し分けてもらおう。破蕾病患者は増え続けているからな」

「ええ、明日皆さんにお願いしましょう。〝新しく開発された薬〟を飲んでも再発するみたいですからね」

第七章 不穏な話

聞くつもりはなかったけど、思わずみんな立ち止まってしまった。〝破蕾病〟……その名前を聞いたときドキリとした。ここでネイルスちゃんの病気が出てくるとは思わなかった。ラントバウ王国では流行している、しかも〝新しく開発された薬〟で再発……？

「今のお話はいったい……」

「ちょっと聞き逃せないね」

そう言うと、フレッシュさんは談話室の扉を開けた。

「父上、母上、失礼します」

「「フレッシュ！　それに〝重農の鋤〟の皆さんも……！」」

部屋の外まで声が届いているとは思わなかったのか、大公爵夫妻は強く動揺している。

「申し訳ありません。僕たちにもお話が聞こえてしまいました」

大公爵夫妻はとても驚いているけど、構わず私たちは前に出る。

「そのお話、詳しくお聞かせいただけませんか？」

「〝破蕾病〟が流行しているっていうのは本当かいね？　しかも再発って何があったんだい？」

「俺たちでよかったら力になるぞ」

あの病気を治すためだったら、私たちはどんなことでもするつもりだった。

「ウェ、ウェーザ嬢……それにフレッシュも……」

「私たちは〝破蕾病〟を治した経験があります。きっと、お力になれると思います」

「うむ……し、しかし……」

大公爵夫妻は腕を組んで顔を見合わせている。他国の人間に話してもいいだろうか、と悩んでいるのかもしれない。でも、あの病気の怖さ、辛さはネイルスちゃんだけでなく私の身にも染みていた。苦しんでいる人がいるならば、少しでもどうにかしたい。

「〝破蕾病〟の怖さは私もよく知っています。どうか、お話し願えませんか？」

「俺の妹も、その病気になっていたんだ。今はもう完治したがな。俺たちにも話してくれないか？」

「そうだったのか……ラフ殿の妹君まで」

ネイルスちゃんのことを伝えると、大公爵夫妻は悲しい顔で呟いた。アグリカルさんとフレッシュさんも懸命に訴える。

「アタシらにも多少の知識はあるよ。力を貸せるはずさ」

「父上、母上、お願いです。話してください」

みんなで話すと、大公爵夫妻は決心したように互いにうなずき、静かに話し出してくれた。

「ラントバウ王国では、最近〝破蕾病〟が報告され始めてな。我々も相談を受けているのだが、対処に困っているのだ」

「昔はそんなことはなかったのよ。本当にここ最近ね。なので、〝重農の鋤〟で育てているという〈さすらいコマクサ〉を私たちにも分けてくれないかしら？」

「ええ、それはもちろんお分けしますが……。再発したというのはどういうことでしょうか」

「再発なんて俺も聞いたことがないな」

〝破蕾病〟は〈さすらいコマクサ〉から作った薬を飲めば完治するはずだ。ネイルスちゃんだってしっかり治った。アザが復活することもない。

「そのことなのだが……」

大公爵夫妻は顔を見合わせると、深刻な表情で話し出した。

「〝破蕾病〟が報告され始めてから、流れの薬師《くすし》が来てな。とある国の宮廷薬師も務めたことがあるという触れ込みだ。どうやら、〈さすらいコマクサ〉を使わない〝破蕾病〟の新しい薬を作ったらしい」

「え、そんな薬があるのですか？」

「ああ、なんでも長年の研究成果だそうだ。〈さすらいコマクサ〉は王国でも見つかっておらん。私も聞いたときは画期的な発明だと思った」

ネイルスちゃんの〝破蕾病〟を治すときは、そのような薬はなかった。だから、あんなに必死になって〈さすらいコマクサ〉を探し出したのだ。ギルドのみんなも聞いたことがないようだった。

「ですが、再発するとは変です。まだ試作段階の薬なんでしょうか」

「どうやら、一時的にはアザが消えて治るらしい。だが、少し経つとぶり返すと聞いている。さらには症状がより強くなるようだ」

「それは、なんだか怪しいですね。治ったと思ったのにまた症状が出るなんて」

「僕も変だと思います。〈さすらいコマクサ〉から作った薬であれば完治するはずですから」

一旦治ってもぶり返すのでは意味がない。それどころか、症状が強くなったらより苦しんでしまう。どうしてそんな薬を売るのだろうか。

「そして、奇妙なことに一部の貴族に多発している。どの病人も……クライム公爵の土地で働いている者たちなのだ」

「「クライム公爵……？」」

大公爵夫妻は話を続ける。

「ラントバウ王国でも有数の大貴族だ。私たちにも負けないほど規模が大きく、政治への発言力も強い」

「以前、大嵐で農場がダメになった小さな貴族がたくさんいたの。そういう人たちは使用人も雇えなくなっちゃってね。クライム公爵はそのような貴族に土地や家を与えて、また農業ができるように契約していたのよ」

ルーズレスさんもシビリアさんも落ち着いた様子で話してくれた。ラントバウ王国にそんな災害があったとは初めて知った。

「なるほど……話を聞いている限りですと良い人に思えますね……生活を支援しているということですよね」

自然災害で困っている人に土地を分けて、生活の立て直しをサポートする。むしろ、良い行いをしているように聞こえた。

「表向きはウェーザ嬢の言う通りだ。だが、実際は地主と小作人の関係に近いようだ。クライム公爵は税という名目で、厳しく作物や金を徴収しているらしい」

「昔から良いウワサをあまり聞かない家なの。それとなく私たちも意見しているのだけど、よその貴族にあまり口出しはできないのよ」

ルークスリッチ王国でも、貴族は互いに深く干渉することはなかった。その辺りは貴族特有の文化なのかもしれない。

「それで、〝破蕾病〟のことを相談してきたのは、クライム公爵と契約している貴族の方ですか？」

「ああ、そうだ。〝破蕾病〟と薬の件はかなり固く口止めされているようでな。私も最近まで知らなかった。ようやく数人が話してくれたような状況だ」

「口止め……ですか。なぜ隠したがるのでしょう」

「クライム公爵は、自分の土地から〝破蕾病〟が出るなど恥だ、などと言っているらしい。他言すると薬師が治療に専念できなくなる、ともな。契約している貴族たちも、立場上相談しにくいのだろう」

ルーズレスさんの話は終わり、室内は静かになった。どことなく薄気味悪さを感じる話だ。ずっと黙って聞いていたアグリカルさんが口を開いた。

「聞けば聞くほどおかしな話だね。アタシには知られたくないことがあるような気がしてならないよ」

「俺もそう思う。薬を飲んでも〝破蕾病〟が再発するというのは、もっとよく調べるべきだ」

「他の貴族に相談すれば、同時に警告にもなるのに。どうしてそんなことをするのだろう」

私もギルドのみんなと同じ意見だ。疑問に感じることばかりだった。

「その〝破蕾病〟が再発したという方の話を、もう一度よく聞いてみませんか」

この話はうやむやにしてはいけない気がする。何かが隠されているように思えてならないのだ。

第八章 ✦ 〝破蕾病〟の流行

「私たちが〝破蕾病〟になったのは本当につい最近のことです。有名な薬師と言われる方の薬を飲んでもなかなか治りません」

私たちはお屋敷の応接室で、〝破蕾病〟を発症した貴族の話を聞いている。初めに聞き取りしたのは中年の男性と若い女性の夫妻で、両人とも身体にうっすらとツタ模様のアザがあった。よく見ないと気づかないくらい薄いけどやはり痛々しい。私も辛い気持ちになりつつお話を聞く。

「一度治ってもぶり返す方が多いようですが、お二人もそうなのでしょうか？」

「ええ、まさしくぶり返すという表現がピッタリです。キレイサッパリ治ったかと思うと、数週間後くらいにまたアザが出てくるのです。質の悪い新種の〝破蕾病〟と聞いていますよ」

旦那さんは忌々しげに言っていたけど、本当に新種なのかはまだ断定できなかった。有名と言われる薬師についても、もっと情報を集めた方が良さそうだ。

「その薬師とはどのような方でしょうか？」

「ええ、ヴァイスと言いまして、各地を放浪する流れの薬師みたいです。医術の知識が豊富ということで、クライム様が紹介してくださいました」

「とても物腰が柔らかい方ですよ」

（公爵なんて偉い貴族が紹介するのだから良い人だと信じたいけど……）

夫婦の言葉を聞いて一抹の不安がよぎる。だからといって、明白な証拠があるわけでもなかった。

「〝破蕾病〟の症状はいかがでしょうか。見た限りアザの模様は薄いようですが」

「長い間日に当たらなければ大丈夫です。とはいえ、どうしても怖いので家の中で過ごすことが多いですね。この身体では作物の世話もなかなか難しく……クライム様にも契約金をお支払いしないといけないのに」

暗い顔で旦那さんは呟き、奥さんの顔にも影が差している。二人で農場を切り盛りしているようで、〝破蕾病〟は日々の生活にも悪影響を与えているのだ。一刻も早く解決させてあげたいという気持ちで胸がいっぱいになる。

「そのお身体では外に出るのもお辛いでしょうね……お食事はしっかり摂れていますか？」

「幸い、家のすぐ近くに川があるので飲み水は確保できています。毎日飲めるくらい美味しいんですよ。ですが、食料は不自由しています。農作業も長くはできないし、買い出しは雨や曇りの日を狙って行くので」

奥さんは疲れた様子で話していた。くたびれた微笑みから〝破蕾病〟の重みが垣間見える。大公爵夫妻が数週間分の食べ物を送ると伝え、夫婦の聞き取りは終了した。彼らは笑顔で馬車に乗って帰ったけど、話を聞くとより具体的に悪い状況だとわかる。

お部屋に重い空気が漂う中、ルーズレスさんが敢えて明るい声で言った。

「ご苦労だったな、みなの者。また明日別の家族を呼んである。今日はゆっくり休んでくれ」

今日聞いたお話をみんなでまとめると、それぞれの寝室へ戻って眠りに就いた。

翌日やってきたのは品の良いおばあさんと少女で、〝破蕾病〟は女の子だけに出ている。アザの模様は昨日のご夫婦より濃く、彼らよりも状態が悪いだろうことは容易に予想された。

「こんにちは、私はウェーザ・ポトリーと言います。よろしくお願いします」

自己紹介するとおばあさんは会釈してくれたけど、少女は下を向いているだけだった。初めて見たときのネイルスちゃんみたいに暗い顔で胸が痛くなる。なるべく優しく聞いていくことをより心掛ける。

「今、新種と言われる〝破蕾病〟の原因を調査しているのですが、ご協力いただけますか？」

「ええ、それはもちろんでございますよ。どこから話せばいいのやら……この子が発病してから毎日毎日かわいそうで仕方なくてねぇ」

悲しそうなおばあさんを見ているとこちらまで辛くなってくるけど、だからこそ詳しく聞くべきだ。

「まずは〝破蕾病〟が出たときのことをお話しいただけますか？」

「たしか……この子が川で遊んでいたときだったと思います。いきなり、肌にツタ模様のアザが現れて……」

言葉を詰まらせながらおばあさんが言うと、少女も下を向いたままコクリとうなずいた。

「それまでに、お孫さんに何か変わった様子はありませんでしたか？」

「変わった様子……いや、なかったと思いますよ。とにかく突然の出来事だったから驚いたのはよく覚えているけどねぇ」

　おばあさんは心配そうに少女を撫でている。

「ヴァイスさんという薬師が作った薬は飲みましたか？」

「はい、この子に〝破蕾病〟が出てすぐに伺いました。大変よく効く薬みたいで、飲むとすぐに治ったんです。ですが……」

「……またぶり返してしまったと」

　私が代わりに言葉を紡ぐと、おばあさんは力なくうなずいた。やっぱり、この少女も再発しているのだ。

「この子は水遊びが好きなんですよ。クライム様に水辺の家を貸してもらったときはとても喜んで……それなのに〝破蕾病〟なんかになっちまってねぇ。代われるものなら代わってあげたいくらいです」

「早く……元気になりたいな……」

　ポツリ……と少女が呟いた。その小さな呟きが何よりも辛い。室内でもなるべく暗いところで過ごすよう伝え、おばあさんと孫娘は帰っていった。

「二日後にもう一組呼ぶつもりだ。貴族たちの中でも一番症状が強いらしい。しかし、話を聞けるのは次来る者たちで最後かもしれない。何か手がかりだけでも見つかればいいのだが……」

（きっと、何かがあるはず……）

　その晩から、私たちはずっと〝破蕾病〟の原因を考えていた。まず、どの貴族たちもクライム公爵の土地で働いている、流れの薬師が作った薬を飲んでいる、この二つは共通点として挙げられそうだ。だけど、それ以外の要素がなかなか見つからない。発病した年齢はバラバラだし、性別だって男女両方だった。

（いったい……何が原因なんだろう）

ベッドに入った後も頭の中には謎が渦巻いている。病をもたらすような呪いが蔓延《はびこ》っているのか……悪い食べ物を食べてしまったのか……それとも、本当に新種の〝破蕾病〟なのか……。しばらく考えてもわからず、はっきりとした答えが思い浮かばないまま夜も更けていった。

「では、こちらに入ってきてくれたまえ。何度も来てもらって悪いな」

「いいえ、何回もお話を聞いていただき感謝のしようもございません。この子も報われると思います」

二日後、ルーズレスさんに連れられ上品な女性と小さな男の子が入ってきた。たぶん親子だろう。どちらも貴族風の服装ではあるけれど、どことなく薄汚れている。そして、男の子はマントで全身を覆っていた。婦人は私たちを不思議そうに見ている。

「あの、ルーズレス様……こちらの方々はどちら様でしょうか？　フレッシュ様はお顔を拝見したことがありますが……」

「うむ、紹介しよう。彼らは私の大事な友人たちでな。ロファンティで農業ギルドを営んでいる。〈さすらいコマクサ〉を栽培して〝破蕾病〟を治したそうだ。再発の原因解明と根治に力を貸してくれるとのことだ」

「〈さすらいコマクサ〉を栽培しているのですか⁉ ……あの辺境の街にそんな素晴らしいギルドがあるとは思いませんでした。ぜひ、私どもにも少しお分けいただけませんか？」

「アタシがギルドマスターのアグリカルさ、よろしく。もちろん、ラントバウ王国にも分けるから安心しなね」

「俺はラフだ。もうちょっとの辛抱だぞ」

二人は婦人たちと握手を交わした。続いて私も自己紹介する。

「初めまして、私はウェーザ・ポトリーと申します。普段はロファンティとルークスリッチ王国で王宮天気予報士をしています」

「あっ！　あなたがウワサに聞いた天気が１００％わかるという魔女様ですか。お会いできて光栄です」

私とも笑顔で握手を交わしてくれた。みなそれぞれの席につき、さっそくお話を伺っていく。

「ルーズレスさんたちから、〝破蕾病〟のことを伺いました。薬を飲んだ後に再発することも……。私たちにも治療経験がありまして、詳しく教えていただけないかと思ったのです。少しでもお力になれたらと」

「ええ、それはもちろんでございますが……」

貴婦人は大公爵夫妻をチラリと見る。うなずかれると静かに話し出した。

「私たちは半年ほど前から、クライム公爵に家と土地をお世話になっています。そして、この子に〝破蕾病〟が出始めたのは二か月くらい前です。それまでは健康そのものでした」

「二か月前ですか。辛かったでしょうに」

男の子は暗い顔をして下を向いている。私たちが絶対に治すからね、と言っても俯いているままだった。

「その新しい薬というのは、飲むと一時的には治るみたいですね」

「ええ、一度はアザもキレイさっぱり消えたんですよ。ですが……二週間ほど経つとまたアザが出てきたんです。色もさらに濃くなって……。それを何度か繰り返した結果、今では弱い日光でも痛みが出るほどまで悪化してしまいました」

婦人は男の子のマントをそっとめくる。以前のネイルスちゃんと同じように、ツタ模様が体に浮かんでいた。いや、刻まれていると言った方がいいかもしれない。色も濃くて〝破蕾病〟が悪化していることは明白だ。アグリカルさんたちも深刻な表情で見ていた。

「そうでしたか。その薬師やクライム公爵に、どこかおかしな様子はありませんでしたか？」

「特にはなかったと思いますね。〝破蕾病〟がまた出てきたときは、ヴァイス様も大変心配してくださいました」

婦人の口調からは脅されたりといった様子はない。みんなで考えている間も、婦人は男の子の頭を大切そうに撫でていた。

「早く元気になって外で遊べるようになるといいわね。今の季節だと川釣りとか楽しそうよ」

その言葉を聞いたとき、何か閃いた気がした。

（そういえば……）

今まで聞いてきた貴族たちも水について話していた。夫婦はいつも飲んでいるようだったし、少女は川遊びが好きだったと言っていた。緊張しながら婦人に尋ねる。

「……一つお尋ねしますが、家の近くに川が流れていたりしますか？」

「はい、大きな川が流れていますよ。よくわかりましたね」

婦人は微笑んでいるけど、とても笑えるような気分にはならなかった。

「の、飲んだりするのでしょうか」

「森の泉から湧き出ているキレイで美味しいお水なので、毎日のように飲んでいます。食費も浮きますからね」

婦人の言葉を聞くと、私たちは顔を見合わせた。今までの貴族たちはみな、水を飲んだり浴びたりしている。もしかしたら、水に異変があるのかもしれない。

「そのいつも飲んでいるお水について、おかしなことはありませんか？　例えば、たまに苦い味がしたり、まずかったり……」

「水……」

婦人は思い出すように考えている。

「何でもいいので、少しでも気になることがありましたら仰ってください」

「……そういえば、人に言っても気味悪がられる、信じてもらえないだろうと思って誰にも話していなかったのですが、水源地の泉に水を汲みに行ったとき不気味な悪魔を見ました」

「あ、悪魔ですか……?」

農業大国にはそぐわない単語に私たちは身を乗り出した。

「いや、悪魔を模した彫像……でしょうか、とにかく薄気味悪くて人間じゃない、それでいて生き物でもない何かが佇んでいました」

(悪魔の彫像……)

みんなはすぐ調べに行こうと言っている。だけど、聞いておかないといけないことがもう一つあった。

「クライム公爵と契約している人たちは、みな同じ泉の水を使っているのですか?」

「はい、そうです。私たちの水源地はどこも一緒ですよ」

婦人の話を聞いて、全てがわかったような気がした。同時に背筋が寒くなるような戦慄を覚える。

「急いで調べた方がよさそうですね。みなさんが使う水源地に何か細工をされたかもしれません。もし、その彫像から〝破蕾病〟を起こす毒のような成分が出ていたら大変です」

「もう決まりじゃないか。そのクライムって貴族と薬師は裏で繋がっているのさ」

「今すぐ俺たちで調査に行こう。危険なら周囲の住民にもすぐに知らせねえと」

急いで立ち上がるみんなを、婦人は慌てて止めた。

「ま、待ってください! もしかしたら、私の見間違いかもしれないんです!」

「「見間違い……(ですか)?」」

私たちはピタリと止まる。

「あれから何度か泉に行くことがあったのですが、一度も見ていないのです。それこそ煙のように消えてしまいました。ですので、今から泉に行っても何もないかもしれません」

婦人に訴えられると、みんなはう～んと悩んでいた。それでも、まだ証拠はないけど、クライム公爵と薬師のヴァイスは繋がっている可能性が高い。

「〝破蕾病〟を起こす毒なんて、アタシも聞いたことがないよ」

「僕も聞いたことこそありませんが、その薬師が作った可能性だってありますね。薬師ならば毒に関する知識も豊富でしょうし」

婦人の話を聞いて、私たちはどう行動すべきか考えていた。

「薬師の目的はなんだ？　金か……？」

ラフさんの呟きを聞くと、婦人はぴくりとした。あの、と婦人にそっと話しかける。男の子に聞こえないよう小さな声で話した。

「薬師の出す新しい薬とは高額なのですか？」

「……ええ、だいぶ高いですね。〈さすらいコマクサ〉を使わない分、貴重な素材が必要だと言っています。薬代だけでも貯蓄を結構使ってしまいました」

「なるほど……」

「この子の病気が治るのなら安いものです」

婦人の言葉や態度から、子どもを大切に想う気持ちが痛いほど伝わってくる。

「再発について、薬師はどのように言っているんですか？」

「新種の〝破蕾病〟としか言いません。薬を増量すれば治るそうです」

「つまり……また新しく薬を買わないといけないわけですか」

たぶん、薬師の目的はお金儲けだろう。話を聞く限り、クライム公爵も手を組んでいそうだ。

（こんな〝破蕾病〟の話を聞くなんて……）

もし、薬師が医術の知識を悪用しているとなれば、これはかなりの大罪だ。黙って聞いていたルーズレスさんが、静かに口を開いた。

「クライム公爵は抜け目がない男だ。もし事実であっても、証拠を見つけるのは難儀しそうだな。彫像が見えなくなったというのも何か理由があるはずだ」

「すでに撤去されたのか、はたまた見えなくなっているだけなのか……やはり、ここは実際に調査へ向かった方が良さそうだな。見間違いの可能性もあるが、まずは実際に確かめてみよう」

「アタシもそう思うよ。見た方が早いさね」

「みんなで調査しに行こう。きっと何か見つかるはずさ」

ラフさんの意見には全員が賛成みたいだ。

「……っ！」

「ど、どうしたの、坊や！」

「か、体が痛い……」

みんなで外へ出る準備をしようとしたら、突然、男の子が苦しみだした。体を抱えて床にうずくまっている。マントから出ている腕のツタ模様が、怪しく光っているのが見えた。婦人は悲鳴に近い叫び声を上げる。

「ああ、私の大切な坊やが！　坊やが！」

フレッシュさんとアグリカルさんが慌てて駆け寄る。男の子の腕を見ると、二人とも深刻な表情になった。

「大変だ……〝破蕾病〟がかなり悪化しています。花が咲いていないのに痛みが出るなんて」

「……こんなにひどいのはアタシも初めて見るさね。まずは暗いところに連れて行かないと」

「父上、どこか別の部屋を用意してください！　あと、冷たいお水もたくさん用意を！」

「よし、すぐに準備する！　誰か来てくれ！」

ルーズレスさんが叫ぶと、使用人たちが集まってくれた。男の子に布を被せながら別の部屋へ連れていく。婦人はアグリカルさんにしがみついていた。必死の形相だ。

「坊やは平気なの⁉　どうなるの⁉　助かるわよね⁉」

「大丈夫さね。まずは落ち着きな。ほら、深呼吸するんだよ。母親が取り乱したら、子どももさらに動揺するだろう？　これから応急処置をするさね。フレッシュ、一緒に頼むよ」

アグリカルさんはまったく動じずに婦人を抱きしめる。背中をさすられていると、ひどく取り乱していた婦人も徐々に呼吸が整ってきた。

「もちろん、僕もお手伝いします。ご婦人、お子さんは大丈夫です。一時的な発作だと思いますので、まずは症状を和らげましょう」

「え、ええ……そうね。ごめんなさい、パニックになってしまったわ」

二人ともさすがだ。あっという間に婦人は落ち着いた。たったあれだけのやりとりで、彼らの度胸や勇気が伝わってきた。ネイルスちゃんのときの経験が活きているのかもしれない。二人は婦人を気遣いながら、男の子と一緒に別の部屋へ移動した。傍らのラフさんに話しかける。

「あの二人がいてくれて良かったですね。私だけだったらどうしようかと思ってしまいました」

「ああ、ネイルスが〝破蕾病〟になったときも本当に世話になった。あいつらは肝が据わっているよ」

別室が静かになると、アグリカルさんとフレッシュさんが戻ってきた。婦人は男の子と一緒に残ったらしい。

「あの、さっきの男の子は大丈夫ですか？」

「もう心配いらないさね。痛みも消えたよ。しばらく、暗い部屋にいた方がいいけどね」

「とは言っても、応急処置は応急処置さ。早く治してあげたいよ。この国に協力してもらって、薬の量産を急がないとね」

二人とも悲しそうに、男の子が寝ている部屋を見ていた。さて、とラフさんが言う。

「ゆっくりしている時間はなさそうだな。今すぐ調べに行ってみよう。ウェーザ、一緒に来てくれ」

「はい、もちろんご一緒します。〝破蕾病〟の手がかりを見つけましょう」

「アタシも行くよ。大人数で行った方が効率いいだろ？」

「僕だってジッとしているのはイヤさ」

一緒に来てくれるという二人を、ラフさんは丁寧に断る。

「すまないが……フレッシュとアグリカルはここに残ってくれないか？　俺たちより〝破蕾病〟の知識が豊富だからな。薬が届くまで少年の手当てをお願いしたい。また症状が悪化するかもしれん」

「……まぁ、それもそうだね。じゃあ、アタシらは残るよ」

「十分に気をつけて行ってきてよ。相手はクライム公爵だからね」


ルーズレスさんから簡単な地図をもらい、私たちはクライム公爵家の水源地へと向かう。

しばらく歩くと大きな森に着き、中を進んでいると泉が出てきた。クライム公爵の水源地だ。

「どうやら、ここが例の水源地みたいだな。ずいぶんと広い泉だ」

「ええ、ですが像のような物は見つかりませんね」

泉は広く水も澄んでいる。でも、婦人が言っていた像は見当たらなかった。

「地図を見ても、ここで間違いないはずなんだが……」

「水も澄んでいますし、汚染されているような感じはありませんね」

泉の水は透明で、底が見えるほどキレイだ。触ってみても、指が痛くなったりなど特に異常はなかった。

「もう少し詳しく探してみよう。クライム公爵や薬師たちに見つからないようにな」

「はい、私はあっちの方に行ってみますね」

ラフさんと手分けして泉を探す。底は膝くらいの深さだったので、歩いて回ることができた。

二人で一通り探したけど、特に何も見当たらない。

「おかしいな、やはり何もないぞ。これだけ澄んだ水なら、底に沈んでいてもわかると思うのだが」

「もしかしたら、森の中に隠されていたりするかもしれませんね」

「その可能性も考えられるか……念のため探してみよう」

ラフさんと一緒に森の中へ入る。ガサゴソと草や葉っぱをかき分けて進むけど、こっちにも何もなかった。

「やっぱり、何もありませんでしたね。どういうことでしょう」

「もうすでに撤去してしまったのだろうか……。婦人の見間違いではないと思うけどな。仕方がない、一度屋敷に帰ろう。また出直した方がいいかもしれない」

「ええ……そうですね。何か見つけられれば良かったのですが……」

せめて何らかの手がかりでも発見できたら……と思うと残念だった。ラフさんと歩き出したとき、顔にパラパラと何かが降ってきた。雨粒だ。薄い雲が出ているけど、太陽はサンサンと輝いている。

「ラフさん、お天気雨みたいです」

「ああ、そうだな。まったく、不思議な天気だ」

空には小さな雲がぽつぽつと浮かんでいた。きっと、雨雲が風に吹かれてちぎれてしまったのだろう。

「さて、帰るとするか。見つからないよう静かに歩くぞ」

「十分気を付けましょう」

と、歩き出したときだ。泉の中央に異変が起きた。すぅぅ……と、黒い何かが浮かび上がってくる。

「ラ、ラフさん！　何か様子がおかしいです！」

「ああ！　ちょっと近くに行ってみよう！」

二人で慌てて向かう。私たちが着いたころには、黒いそれは姿を現していた。ラフさんの背丈くらいある不気味な像だ。ガーゴイルや悪魔を連想させるようで、恐ろしく気味が悪い。ラフさんは注意深く見ていた。

「きっと、これが夫人の言っていた像だな。どうやら、普段は姿を隠されているらしい」

「はい、間違いありません。あっ、泉の水を見てください！」

像からは紫色の毒々しい液体が滲み出ている。泉の水に混じると、すぐに溶けて消えてしまった。

「やっぱり、クライム公爵と薬師は裏で繋がっているようだ」

「間違いなさそうですね。この像ですが、ラフさんに壊せそうですか？」

ラフさんはコンコンと像を叩いて確認する。

「ふむ、これは闇属性の魔法がかけられているな。破壊するには光属性の魔力が必要だ」

「光属性ですか……壊すのは大変そうですね」

魔力にはたくさんの種類があるけど、光属性は珍しいことで有名だった。私も光属性の魔力を使う人に会った経験は数えるほどしかない。

「たしかに難儀ではある。だが、俺の〈魔導拳《まどうけん》〉ならあるいは……」

ラフさんは〈魔導拳〉という特別な力を持っていて、色んな属性の魔力を手に集めることができる。魔力を込められた拳から放たれる強烈な一撃は、あのザリアブド山のホワイトグリズリーですら一発で倒してしまうほどの威力だった。

「今すぐ壊すのは難しいかもしれない。光属性の魔力を扱ったのはずいぶん前だ。かなりの集中力と時間を要すると思う。それに、仮に今破壊しても、こういうヤツらは別の場所で同じようなことをするだろう」

「でしたら、なおさら皆さんと相談した方がいいですね」

「破壊するのは、これを証拠に全員捕まえてからにしたいところだ」

ラフさんは険しい顔で像を見ている。今ここで解決したい気持ちは山々だったけど焦ってはいけない。まずは情報をしっかり集めようと考えたとき、頭の中にとある疑問が思い浮かんだ。

「ですが、どうして突然姿を現したのでしょう」

雨が止むと同時に、像が薄くなっていく。

「そ、そんな！　せっかく見つけたのに……！」

「大丈夫だ、ウェーザ。この像はずっとここにあるはずだ。おそらく、特殊な魔法のようだな。天気雨のときだけ姿を現すのだろう」

「な、なるほど……」

存在していた場所を触ってみても何も感じない。

「逆に言えば、天気雨のときに来れば証明できるというわけだ。ウェーザに予報してもらって一網打尽だな」

「ええ、私も頑張ります！」

ふいに、森の奥から話し声が聞こえてきた。とっさにラフさんと木陰に隠れる。

「……それにしても、ヴァイス様はさすがだな。薬も毒もお手の物だとは」

「〝破蕾病〟になる毒なんて、俺には絶対に作れない。あとどれくらい稼げるかなぁ」

「クライムとかいう公爵も、まさか利用されているだけだとは思ってないだろうよ」

彼らはヴァイスと言っていた。婦人の話に出てきた怪しい薬師の名前だ。

「ラフさん、〝破蕾病〟の話をしています。クライム公爵の話も」

「きっと、流れの薬師とやらの手下だ。ここは一旦引こう。まずはルーズレスたちに伝えるんだ」

静かにこの場を立ち去ろうと、私たちはそっと後ずさる。あと少しで彼らの視界から外れるというところで、バキッと木の枝を踏んでしまった。薬師の手下たちがいっせいにこちらを見る。

「「誰だ!?」」

「まずい！　走るぞ、ウェーザ！」

「は、はい！」

私たちは全速力で駆け出した。息を切らしながらラフさんに謝る。

「ごめんなさい、ラフさん。私のせいで見つかってしまいました」

「気にするな、今は逃げることだけ考えるんだ」

元々結構な距離があったので、手下たちとはだいぶ離れている。このまま走っていれば逃げ切れそうだと思ったとき、木の根に引っかかって転んでしまった。

「あっ……！」

「ウェーザ、大丈夫か⁉」

すかさず、ラフさんはひょいっと私を抱きかかえ颯爽と走り出す。

「ラ、ラフさん、自分で走れますから……！」

「いや、こっちの方が速い」

こんな状況なのに、自分を軽々と抱えて走ってしまうラフさんの力強さと優しさにドキリとする。お姫様のように抱えられたまま森を抜けてお屋敷に戻ってきた。追手が来ていないことを確認してからどうにか下ろしてもらい、すぐにみんなを集めた。大事な手がかりを一刻も早く伝えたい。

「みなさん、お話ししたいことがあります」

「俺とウェーザで水源地に行ったところ、泉の中央に不気味な像があったんだ」

お部屋には全員勢ぞろいしている。婦人と男の子は症状が治まったようで、一度自分たちの家に帰っていた。ラフさんの言葉を聞いて、ルーズレスさんは呟くように言う。

「やはり、婦人の言っていたことは本当だったか……」

「ああ、像からは毒々しい液体が漏れ出ていたぞ。ひょっとしたら、〝破蕾病〟を引き起こす毒だったりするかもな」

「その像なんですが、普段は透明になる魔法がかけられているみたいなんです。最初は、像も液体もまったく見えませんでした」

泉で見た状況を事細かに説明する。みんなは食い入るように聞いていた。婦人の目撃情報がなかったら……と思うとゾッとした。

「そうか……そのような像が造られていたとは思わなかった。それが諸悪の根源である可能性が高いな」

「なんとかしてとっちめてやりたいね。そんな像ぶっ壊してしまえばいいのさ」

「でも、アグリカルさん。大事な証拠ですから壊してしまうのはまずいですよ。しっかり証明しないと」

今のところ、きちんとした裏付けは泉にあった像だけだと思う。今すぐ証拠として突きつけたいけど、まずは入念な準備が必要だ。

「ところでウェーザ嬢、ラフ殿。見えないという像をどうやって見つけたのだ？」

「偶然、お天気雨が降ったとき姿を現しました。もしかしたら、お天気雨のような気象条件では魔法が解けるのかもしれません」

「ふむ……その可能性は考えられるな。物を隠すような魔法は非常に高度だ。何かしら制約がつく。ある条件のときだけ姿を現してしまうというのは、十分ありうる」

「俺も四六時中、存在を隠せる魔法なんて聞いたことがないな」

あのような魔法は誰にでもできるわけではなく、それなりの専門的な知識が必要なはずだ。敵は厄介な相手かもしれない。でも、私たちだって負けてないのだ。

「さて、クライム公爵のことだ。言い逃れできない証拠を出さないと認めないだろう」

「そこで、俺に考えがある」

みんなの視線がラフさんに集まる。

「知っての通り、ウェーザは天気が１００％わかる。その力を借りて、天気雨が降る日に彼らの秘密を暴こう」

「はい、私がお天気雨の降る日にちを予報します。そうすれば、毒の悪魔像が置かれていることを目の前で証明できると思います」

ルーズレスさんは私たちの話を静かに聞いてから、納得したように言った。

「よし、その作戦が良いだろう。像が実際に現れれば、言い逃れはできないはずだ。大公爵の名において水源地の視察をする、と連絡しておこう。〝破蕾病〟の原因を調査するためだとな」

「お願いします、ルーズレスさん」

「クライム公爵と契約している貴族たちにも、しばらくは川の水を使わないよう秘密裏に伝えておく。彼らの生活用水は私の家から内密に届けよう」

みんなと話し合い、お天気雨が降る日にクライム公爵の水源地へ行くことになった。

「では、ウェーザ。天気の予報を頼む」

「はい、わかりました。すぐに予報しますね」

私とラフさんはお屋敷の外に出る。お部屋にいたみんなもついてきた。爽やかな風が顔を撫でる。

(空だけはどこにいても見えるのね)

魔力を集中して空を見上げた。雲が浮かび風に流されている。私たちがこんな状況にあっても、空は変わらずいつも通りだった。時間が進むにつれて、南の方で小さな雨雲ができていく。風に乗って、二週間後にこの辺りまで来る。昼頃に弱い雨を降らすけど、すぐに強い風に吹かれて雲は消えてしまう。晴れているのに雨が降る。お天気雨だ。

「お天気雨は二週間後の正午に、数分だけ降ります」

「クライム公爵の水源地へ行く日が決まったな。私の方ですぐに準備を整える」

「アタシにできることはないかい？　何でも手伝うよ」

「父上、僕にも手伝わせてください」

さっそく、みんなは準備を始める。傍らのラフさんがそっと話した。

「ウェーザ、俺たちで〝破蓄病〟に苦しむ人たちを救おう」

「ええ、みんなで力を合わせればきっとうまくいくはずです」

私たちは空を見上げる。勝負は二週間後の正午だ。そのときに全てが明らかになる。

計画を立てた後は〝破蕾病〟の貴族たちを看病しながら過ごしていた。あの子どものように重症な人も多く、応急処置でもしてあげると大変喜んでくれた。クライム公爵に気づかれないよう、細心の注意を払うのは神経が疲れたけど、貴族たちの笑顔が見れたらそんなものは吹き飛んでいった。それだけでなく、アグリカルさんとフレッシュさんが〈さすらいコマクサ〉を届ける計画を進めてくれている。そうした日々を送っていると二週間はすぐに過ぎていき、私たちはとうとうクライム公爵の水源地に来た。そして、目の前には……。

「ルーズレス卿。我らが水源地にようこそ」

「こんにちは、大公爵。初めてお目にかかります、薬師のヴァイスと申します」

老紳士と若い男性が数人。クライム公爵と薬師たちだろう。特に、若い男性たちはなんとなくイヤな雰囲気だ。そして、私は以前も似たようなオーラを感じたことがあった。

(そ、そうだ。ロファンティに初めて来たとき、奴隷商人と遭遇したときの感覚だ)

隠し切れない悪意が滲み出ているようで、薄気味悪さが伝わってくる。辛い過去と目の前の現実が重なってしまい、自然と顔がこわばる。負けないように気を張っていたら、ラフさんが何も言わずに手を握ってくれた。

「さて、クライム公爵。我々が来た理由は知っておろう。貴殿が土地を貸し与えている者に〝破蕾病〟を患った者が多数出ているようだな」

「ああ、そのことか……。チッ、他言するなと言ったのに」

ルーズレスさんが話すと、クライム公爵は静かに舌打ちしていた。

「今のところ〝破蕾病〟は、貴殿の下で働いている貴族たちからしか出ておらん。だが、これ以上広がる前に詳細な調査をすべきなのは明白であろう」

「その件については、私に一任させていただきたいですな。ルーズレス卿には関係ないでしょう」

「いいや、関係は大有りだ。〝破蕾病〟がこれほど多発するのは私も初めて聞いた。特殊な原因が考えられる。これ以上、王国全土へ広がる前に食い止めるべきだ。それに、どうして隠そうとするのだ。公爵などという大きな貴族であれば、他の者たちのために行動するべきだろう」

「ぬぅ……」

こちらの言い分は正当なので、向こうも反論できないようだった。

「話を聞く限り、そこの薬師が作ったという薬にも怪しい点がありそうだ。なぜ薬を飲んでも再発するのだ」

「ですから、それは新種の〝破蕾病〟の症状でございまして……」

薬師は揉み手をしながら説明する。やけに低姿勢だった。その張り付いたような笑みから真意が見えてくるようだ。私も毅然とした態度で話す。

「この泉の中央に、不気味な像を設置したのはあなたたちではありませんか？」

「像？　そんな物どこにもないではないか」

「本当です。この泉の真ん中に毒を生み出す像があるんです」

「お嬢ちゃん、言いがかりは良くないなぁ」

クライム公爵と薬師はニヤニヤしている。

「いいえ、あるのです。普段は隠されていて、お天気雨が降るときにのみ、姿を現すのだと考えられます」

お天気雨と言うと、彼らはぴくりとした。不安げな表情でコソコソと顔を見合わせては、二人で何事かを相談している。

「……まさか、天気雨が降るまでずっと待ち続けるなど言わないでしょうな。ワシたちも忙しいのですぞ」

怪しいやり取りが終わると、クライム公爵たちは打って変わって得意気な顔になった。

「お天気雨はもうじき降ります。もう少し詳しく言いますと、正午になったら降ってきます」

「またそんな出たらめを……話にならんな。お主はいったい何者なんだ？　まさか、予言者などとは言うまい」

「私はウェーザ・ポトリーと申します。天気が１００％わかる【天気予報】スキルを持っています。ルークスリッチ王国で王宮天気予報士を務めています」

「「っ!?」」

【天気予報】スキルのことを話すと、クライム公爵たちは明らかに動揺しだした。薬師と手下は驚きを抑えられないのか、さっきより大きな声で話している。

「ボ、ボス、天気が１００％わかるって本当でしょうか？　そんなヤツ見たことありませんで」

「俺だって聞いたことがねえ。だが……像の存在が明らかにされたら終わりだ。念のためずらかるぞ。クライムの屋敷に帰ったらすぐに金をまとめろ」

そっと後ろの方に逃げようとしたけど、すかさずグーデンユクラ家の衛兵たちが木陰から出て、彼らの前に立ちはだかった。逃がさないよう、ルーズレスさんが手配していたのだ。

「なぜ逃げ出そうとする。邪なことがなければもっと堂々としていたまえ」

「あっ……ぐっ……」

クライム公爵たちがそわそわしている間にも時間は進む。正午はもう間もなくだった。南の方から少しずつ雲が流れて来ていた。晴れ間はしっかり見えている。そして、太陽が真上に上ったとき、パラパラと小さな雨が降り出した。クライム公爵もヴァイスという薬師も、絶望の表情で空を見ている。

「そ、そんな……本当に降り出すなんて……あ、ありえん」

「ウ、ウソだろ……こ、これじゃあ、俺たちは……」

泉の中央の空気が歪んでいく。何もなかったはずの空間に、不気味なあの像が姿を現した。

「ク、クソッ、お前ら逃げるぞ！　とんずらだ！」

像が出てきた瞬間、ヴァイスが叫んだ。それを合図に、手下たちは無理やり包囲網を突破しようと走り出す。

「あっ、待ちなさい！　た、大変です、薬師たちが……！」

「大丈夫だ、ウェーザ」

ラフさんの言葉を待っていたように、さらに周りの木陰から何人も衛兵が出てくる。ルーズレスさんが二重にも三重にも衛兵を配置してくれていたのだ。

「もう逃げられないぞ、クライム公爵、ヴァイス。お前たち、捕まえるんだ！」

「うぐっ……！　こ、こら、離せ！」

彼らのおかげで、あっという間にクライム公爵たちは捕まった。

「さて、ラフ殿。この像を壊してもらえるか？　王国の民を苦しめてきた悪意の像だ」

「ああ、もちろんだ」

ラフさんはフッと息を吸うと、目を閉じた。白い光が両手を包んでいく。まるで、光の玉が集まっていくようだった。非常に美しい光景で思わずため息が出るほどだ。

（キ、キレイ……）

「〈魔導拳〉！」

ラフさんが力の限り像にパンチする。たった一撃でガラガラ……と壊れてしまった。クライム公爵たちの驚きの声が聞こえてくる。

「そ、そんな……おい、あの像は壊れないいんじゃないのか⁉」

「壊れないなんて言ってねぇ！　強固に造ったと言ったんだ！　だが、壊せるヤツなんて存在しないはずだったのに！　ああ、クソッ！　あんなの簡単に造れねえぞ！」

「こうなったのも全て貴様のせいだ！　どうしてくれる！」

「ふざけんな！　人のせいにするんじゃない！」

取り押さえられているというのに、彼らは喧嘩を始めた。

「そいつらを連れて行け！　しっかり取り調べろ！」

「「うぐッ！」」

連行されていく直前、薬師がヤケになった様子で叫んだ。

「お前、〝彷徨の民〟の人間だな！　ちくしょう！　お前さえいなければ全て上手くいったんだ！　この……呪われた一族め！」

「「うるさいぞ！　早くこっちに来るんだ！」」

クライム公爵たちは悪態をつきながら連行された。後は王宮の人たちに任せておけば大丈夫だろう。厳しく取り調べてくれるはずだ。

「「やった！　これでみんなも救われるぞ！」」

森の中は歓声で包まれる。新しく〝破蕾病〟になる人はもう出てこないだろう。この二週間を使って、ギルドから〈さすらいコマクサ〉をラントバウ王国へ渡していた。重症な人から薬を作り、すでに何人かは完治しているので、もっと薬の製作が進めばより多くの人も助けられるに違いない。

「ウェーザ嬢、ラフ殿、本当にありがとう！　貴殿らのおかげで彼らの悪事を暴くことができた！」

「い、いえ、お役に立てて良かったです」

「まぁ、俺はただ像を壊しただけだがな」

ルーズレスさんと固く握手を交わす。

「やりましたね、ラフさん！　悪い人たちを捕まえられました！」

喜びながらラフさんを見上げる。だけど、その顔は喜んではいなかった。むしろこわばっている。何度か見たあの表情だった。

「あ、あの……ラフさん？」

「……あ、ああ悪い公爵と薬師を捕まえられて良かったな。俺も嬉しいぞ」

嬉しいと言いつつ、繕ったような笑顔だった。ラフさんが今までこんな風に笑うことはなかった。きっと、ヴァイスという薬師が放った言葉が原因だ。

（〝彷徨の民〟……呪われた一族……）

どちらも初めて聞いた言葉だ。薬師の口調には侮蔑がこもっていたので、悪意を持って放たれた言葉に間違いはない。ラフさんの暗い表情を見ると私の胸も締め付けられる。ラフさんの苦しみは私の苦しみでもあるのだ。

「あの、ラ……」

「良くやったよ、ラフ！　さすがは〝重農の鋤〟のラフさね！　もちろん、ウェーザもだよ！

アンタたちのおかげだね！」

「君がいてくれて本当に良かったよ！　これで王国も平和になるね！　ウェーザさんもありがとう！」

話し出そうとしたら、アグリカルさんとフレッシュさんが抱き着いてきた。

「お、お前ら、もうちょっと静かにしろよ」

「静かにできるわけないだろう！　大手柄だよ！」

「そうだよ！　静かになんてできるもんか！」

ラフさんは……笑顔だ。その顔を見て話すのはやめようと思った。少なくとも、今話すべきことではない。

「ウェーザ嬢、今日は祝杯を上げなければならないな！」

「父上、その前に王様へ諸々お伝えしないと」

周りから称賛を受けてお屋敷へ戻る。みんなのおかげで、無事に悪い貴族と薬師を捕まえることができた。悪の元凶は倒せたけど、まだまだ病に苦しんでいる人たちがいる。すぐに〝重農の鋤〟とラントバウ王国を行き来して、治療薬の本格的な製造が始まった。私とラフさんは〈さすらいコマクサ〉や必要な物資を運び、アグリカルさんとフレッシュさんは王国内で看病に走る。みんなの献身的な働きによって、予想以上に速いペースで治療は進んでいった。〝破蕾病〟患者の全員に薬が行き渡った頃、改めて王宮で祝杯が挙げられた。私たちの懸命な活動も労いたいということで、王宮で開かれた宴は今までにないくらい豪華なものだった。

宴の翌日、名残惜しそうな王様や大公爵夫妻と別れ、私たちは〝重農の鋤〟に戻ってきた。どっしりとしたギルドを遠目に見つけると、それだけで心が落ち着く。

「ギルドに帰ってきましたね！　……はぁっ、空気もラントバウ王国と違う感じがします」

「ああ、ずいぶんと久しぶりな感じだ。家に着いたようで安心する」

「みんな元気にしているかなぁ？　特にバーシルとか寂しがっていただろうね」

「元気に決まっているさね。さあ、あとちょっとだよ」

思い返せば、こんなに長く〝重農の鋤〟を離れていたのは初めてかもしれなかった。

（ラントバウ王国では本当に色んなことがあったな。でも、無事に帰ってこれて良かった）

〝花の品評会〟に始まり、悪い貴族や薬師たちの悪事を暴いたり……こんなに密な時間を過ごしたことは今までない。この先も忘れることはないだろう。みんなでギルドに向かっていたら、真っ先にネイルスちゃんとバーシルさんが走ってきた。

「おかえりなさい、みんな！」

『ずいぶんと遅いから心配したぞ！』

「「ただいま」」

二人はフレッシュさんを見ると、思いっきり抱き着く。勢いが強すぎてみんな地面に転がってしまった。

「やった！　フレッシュは〝重農の鋤〟にいられるんだね！　私、本当に嬉しい！」

『ということは、品評会も優勝したんだな！　なんとなく、そんな気がしていたぞ！』

「ああ！　みんなのおかげだよ！　これからもよろしく！」

みんな本当に幸せそうだ。そして、そんな私たちを見てギルドの人たちも駆け寄ってきた。

「おーい！　フレッシュたちが帰ってきたぞー！」

「これからも〝重農の鋤〟にいられるんだな！　本当に良かったなぁ！」

「お前たちなら大丈夫だと思っていたさ！」

あっという間にギルドメンバーに囲まれる。

「ウェーザお姉ちゃん！　ラントバウ王国であったことを教えてよ！」

「ええ、もちろんよ。本当に色んなことがあったのよ。まず、〝花の品評会〟では……」

「ウェーザ、話すなら宴で話そうじゃないか。ほら、ネイルスも準備を手伝っておくれ」

みんなに手を引かれギルドへ向かう。そして、すぐにこちらでも宴が開かれた。日付が変わるまでずっとどんちゃん騒ぎだった。

第十章　流星群と願いごと

〝重農の鋤〟に帰って数日経った。生活リズムもすっかり戻り、私たちを取り巻くのはいつもの日常だ。今日もラフさんと畑を耕している。でも、気がかりなことが一つあった。

「ラフさん、もうじき〈羽衣《はごろも》タマネギ〉の収穫ですね」

「ああ、そうだったな。例年より育っているから収穫量が多くなりそうだ」

このところ、ラフさんの顔が暗い気がするのだ。普段から無表情なことが多いけど、どことなく影が差している。

「フランクさんも新メニューをたくさん考えてくれているみたいです。見たこともない料理を作るって張り切ってました」

「ははっ、アグリカルに怒られそうだな」

ラフさんは笑いつつも、いつものような元気がなかった。そして、以前にも同じような表情を見たことがある。

（やっぱり、ルークスリッチ王国の晩餐会に行ったときと同じ表情だ……）

あのときも考え込むような、不安を覚えているような雰囲気だった。きっと、何か嫌なことがあったのだ。だけど、ラフさんのことだから、自分で考えて結論を出したいのかもしれない。

（あまりしつこく聞いても迷惑だろうし……）

とはいったものの、ラフさんには元気になってほしい。どうしたらいいんだろう？　と、思ったとき閃くことがあった。これならきっと元気が出てくるかもしれない。

「ラフさん、私から提案があるのですが」

「どうした、ウェーザ」

「もうじき流星群の時期ですよね？　みんなで一緒に見に行きませんか？」

毎年、ロファンティには流星群がたくさん流れる時期があるそうだ。ちょうど今くらいだと聞いている。

「そうか、もうそんな時期だったか。このところ切羽詰まった毎日だったからな。いいんじゃないか？　みんなの気晴らしになりそうだ」

「晴れている日にちは私の方で予報しますのでお任せください」

私はまだ流星群を見たことはない。でも、きっと心を奪われるくらい美しいのだろう。キレイな星空を見れば気持ちも変わるかもしれない。みんなにもそうだけど、何よりラフさんに元気になってほしかった。夕食の時間のとき、みんなにお話しすると快く了承してくれた。

「もう流星群の時期なんですねぇ。去年はなんだかんだ忙しくて見られませんでしたよね」

「そうだったね。アタシも去年は残念だったよ」

「例年通りだと、流星群は次の新月辺りだろうな」

「ではその辺りの天気を予報してみましょう」

「頼む、ウェーザ」

深呼吸をして、体の魔力を集中する。空を見ていると、いつものように雲ができる様子や風の流れる様子がわかってきた。

（【天気予報】スキルを使うのは、なんだか久しぶりな気がするな）

西の方に灰色の雲ができつつある。厚みがあって雨を降らすような雲だ。でも、この近くに来るまでにちぎれて小さくなり、霧を作るような薄いきり雲に変化する。ちょうど新月の当日はしっとりとした雨が降りそうだ。風邪を引かないように、念のため前日か翌日にした方がいいだろう。

「予報が終わりました。新月の日に雨が降るので、その前日か翌日の方がいいかもしれません」

「なるほど、じゃあ翌日にしようかね。雨が降った後だから空気もスッキリしているし、流星群も見やすいと思うさね」

「僕もアグリカルさんに賛成です。いやぁ、なんだかもう楽しみになってきたなぁ」

みんなで流星群の思い出を話しているうちに夜も更けてきた。明日も早いので、みんなそれぞれ自室へ戻る。ギルドの階段を上り、二階に着いたときラフさんと挨拶を交わした。

「おやすみなさい、ラフさん。たくさんの流星群が降ってきたらキレイでしょうね」

「ああ、そうだな。本当に落ちてきそうで少し怖いときもあるが」

「どんなお願いごとをするか、今から考えておきます」

「俺も考えておくとしよう」

みんなと別れて自室に入る。空には星が瞬いていた。月明かりに照らされ、農場が薄っすらと見える。やっぱり〝重農の鋤〟の農場が一番美しくて心が落ち着くと思った。

に……）

（どうかキレイな流星群が降り注ぎますように。そして、ラフさんが元気になってくれますよう

懸命に空へ祈っていると、知らないうちに夢の世界に入っていた。雲に座って夜空を眺めている夢だ。キラキラとお星さまが夜空を駆ける。幻想的で初めて見るような光景だった。

（こんな近くで見られるなんて嬉しいなぁ。まるで夢みたい……）

目が覚めたら、そんなことを思っていた。しばらくして、流星群の日がやってきた。

「予報通り雲が晴れて良かったです」

「これなら流れ星もたくさん見渡せそうだな」

すっかり日も暮れて空は濃い青色に変わりつつある。昨日は雨だったけど、今日はちゃんと晴れてくれた。空気もスッキリ爽やかだ。アグリカルさんの言うように、雨の後にして良かった。

いつもこの時間はギルドでお話をしているけど、みんな外に集まっている。各々、流星群を楽しみに待っていた。特にネイルスちゃんとバーシルさんは待ちきれないようで、農場を走り回っている。

「早く流れ星出てこないかなぁ。ねえ、いつになったら降ってくるのー？」

『もう夜じゃないか。早く出てこーい。楽しみにしているんだぞー』

二人とも空に向かって叫んでいた。待ちきれない気持ちは本当によくわかる。私も子どもだったら同じことをやりそうだ。思い返せば、幼い頃からずっと空を見ていた。

「ほら、ネイルス、そろそろ降り注ぐ時間だ。危ないから座って見るんだ。バーシルもな」

『はーい』」

そう言って、ネイルスちゃんたちは草原のようになっている場所に寝転んだ。みんな思い思いの場所に寝っ転がる。私はラフさんと一緒だ。柔らかい草がやんわりと受け止めてくれた。

「ラフさん、お願いごとはもう決めましたか？」

「ああ、決めてある。と言っても、毎年同じなんだがな」

「そうなんですね。私はロファンティで流れ星にお願いごとをするのは初めてなので楽しみです」

「まぁ、毎年同じではあるが、今年は違うことも祈りそうだ」

夜空の星たちも控えめに瞬いている。彼らもこれから始まる素敵なショーを楽しみに待っているようだった。瞬間、夜空に一筋の線が光った。農場から歓声が沸く。

「うわぁっ、キレイ！　本当に星が流れているんだねぇ！」

『おお！　また光ったぞ！　流星群だ！』

線を引くように、次々と流れ星が降り注ぐ。まるで、天使が藍色のキャンパスに輝く線を引いているようで美しさに心が魅了される。元々この辺りは空気が良いのだろう。肉眼でもくっきりと見える。そのうち歓声も少しずつ小さくなり、みんなは静かに見つめていた。たとえ日が沈んでも、空は本当に色んな表情を見せてくれる。ネイルスちゃんは懸命にお願いごとを祈っていた。

「あ、あっ！　消えちゃった！　まだ最後までお願いしていないのに……！」

「ネイルスちゃん、焦らなくて大丈夫よ。流れ星はたくさん降ってくるから落ち着いて祈ればいいのよ」

　少し離れていたからか、ネイルスちゃんには聞こえていないようだった。その間にも、流星群は絶え間なく降り注ぐ。時間が経つにつれ、どんどん数を増していた。同じ空なのに昼間とまるで表情が違う。自然の世界は不思議だなと感じ、ロファンティの新たな一面を見ているようだった。

（あっ、そうだ！　私もお願いごとしないと……）

　願いも忘れて見とれていた。慌ててお祈りのポーズをとる。焦らなくていいと言いながら、いざ自分がとなるとどうしても焦ってしまう。空を見つめ心の中でお願いごとをする。

（みんなと、ラフさんといつまでも一緒にいられますように……〝重農の鋤〟がもっと発展しますように……ルークスリッチ王国とロファンティがいつまでも平和でいられますように。それから……）

　ちらりと横のラフさんを見る。無表情で空を眺めていた。黒い瞳は頭上の流れ星が映り込んでいるかのようにキラキラと輝き、瞳と同じ黒い髪は柔らかな風になびいている。ずっと見つめていたいほど素敵なラフさんに胸が熱くなってきた。二人で毎日を過ごしているうち、私の心はハッキリした想いを持つようになっていた。青空で輝く太陽のように尊い気持ちだ。

（……ラフさんとけっ）

「ウェーザ」

「ひぃぇあっ⁉　は、はい！」

静かだったラフさんにいきなり話しかけられ、ビックリして思わず変な声を出してしまった。ものすごく恥ずかしかったけど、ラフさんは気にもしていないようだ。

「星がキレイだな。例年よりたくさん降り注いでいるかもしれん」

「え、ええ、そうですね。まさか、こんなにたくさん見られるとは予想していませんでした」

「ああ……そうだな……」

ラフさんは何か話すのかと思ったけど、また黙ってしまった。そのまま、私たちはしばしの間空を見つめる。流星群は音もなく降り注ぐ。

「ウェーザ、お前に伝えておかないといけないことがある」

少しして、ポツリとラフさんが呟いた。暗くても、例の浮かない表情をしているのがわかる。胸騒ぎするように、心臓が嫌な鼓動を脈打った。

「はい……何でしょうか？」

「その前に、ウェーザは公爵家の出身だったよな」

「ええ、一応そうですね」

どうしてそんなことを聞くんだろう？　と思ったときだ。ラフさんが静かに一息に言った。

「俺は呪われた一族……〝彷徨の民〟の末裔なんだ」

✦間　章　出自（Side　ラフ）…………………………✦

自分はウェーザと釣り合う男なのだろうか。いつからか、そんなことを考えるようになった。

俺は呪われた一族、〝彷徨の民〟の末裔。やはり、この特殊な体質は今でも疎まれることが多いらしい。この旅で改めて自覚させられた。

俺は母国を失い各地を渡り歩く民、一方でウェーザは公爵家の出身だ。あいつはあまり気にしていないようだが、やっぱり貴族は貴族だ。俺たちの間には身分の差という、どうしても超えられない大きくて分厚い壁がある気がしてならない。無論、ウェーザのことは一生をかけて守り続けていくつもりだ。あいつとずっと一緒にいることが、俺の一番の喜びかもしれない。ウェーザと出会ってから、貴族に対する偏見のような物だって消えた気がする。今では、よその貴族とも気兼ねなく話せるようになった。

だが、〝彷徨の民〟の男と貴族出身の令嬢では釣り合わないことは明白だ。たぶん、ウェーザはそんなことは気にしないと言ってくれるだろう。言われなくてもわかっているさ。それでも、俺はどうしても気になってしまう。

——お前は呪われた一族だ……！

悪徳薬師に言われたときも、小さな傷が心に刻まれるようだった。気にしないようにしていても、やはり心のどこかでは負い目に感じていたのかもしれない。普段から平静を装っていても誤魔化すのは難しいようだ。貴族たちを見るほど、自分が平民であることを突きつけられるように感じてしまうんだ。かといって、このまま心の内にしまっておくのもウェーザに悪い気がする。

ずっと秘密を抱えているようで気持ちも暗くなる。考えないようにしても考えてしまう。明かさずとも、ウェーザは心配してくれたな。嬉しかったが、そのときは詳しく説明できなかったんだ。

正直に言うと、ウェーザからどう思われるかとても怖い。嫌われるんじゃないか、避けられるんじゃないか、もう話してくれなくなるんじゃないか……嫌なことばかり想像してしまう。そして……大切に想うからこそ、俺が気にしていることも伝えておきたい。

ウェーザとこの先もずっと一緒にいたい。だが、俺たちの間には大きな壁があるようでならないんだ。

第十一章　空に消え

　ラフさんから出自の話を聞いた。ラフさんたちは何も悪くないのに、居場所を奪われてしまったこと。そして、私との身分差に悩んでいることも。静かに静かに話してくれた。

「ウェーザ。そういうわけで、俺は呪われた一族と言われることもあるんだ。今まで隠していて悪かった。どうか……気を悪くしないでくれ」

（まさか……そんな悲しい理由だったなんて……）

　ラフさんは、ずっと一人で抱え込んでいたのだ。しかも、出自という自分ではどうしようもない問題だ。何より、気づけなかったことが申し訳なくてしょうがない。

（大切な人が苦しんでいるのに、一人で舞い上がってばかりで……。私はなんて愚かだったんだろう……）

　そう思うと、自然に涙が零れた。ラフさんが驚いた様子で気遣ってくれる。

「ど、どうした、ウェーザ……!?　なんで泣いているんだ……!?」

「ラフさん、ごめんなさい……私は……気づいてあげられませんでした」

　私の知らないところで苦しんでいたかと思うと、涙が止まらなかった。

「ラフさんの出自がどうであろうと、私は気にしません。むしろ、そのお話を聞いてラフさんの優しさの秘密がわかったような気がします」

「俺の……優しさの秘密……？」

「はい、ラフさんは自分がそんな辛い境遇にいたからこそ、他の人に優しくできるんだと思います」

「俺は……優しいのか？」

ラフさんはポカンとしている。〝重農の鋤〟に来て実感していることがある。本当に優しい人は、自分ではわからないのだ。

「だって、私が初めてロファンティに来たとき……すぐに手を差し伸べてくれたじゃないですか」

そう、ラフさんと初めて会ったときの無骨さと、そのときに垣間見えた優しさの理由がわかった。ラフさんは色んな人から虐げられてきたからこそ、芯の強い優しさを身につけたのだ。

「ウェーザはそんなことまで覚えてくれていたのか」

「忘れるわけありません。あのときの安心した気持ちは一生忘れません」

知り合いも誰もいない初めての場所に来たとき、私は本当に心細かった。それを救ってくれたのがラフさんだったのだ。この人に出会えたことで人生が変わったと思う。

「俺もあのときウェーザに出会えて良かったよ。お前のおかげで今の俺があるようなもんだからな」

「今思えば、これも運命だったのかもしれませんね。会うべくして会ったといいますか……」

「俺は運命なんて信じないがそんな気がするよ」

身分の差。こればかりは、自分たちではどうにもできない。もどかしさや歯がゆさなどが心の中に渦巻いた。流星群が絶え間なく流れているのを見ていると、〝今ここで伝えなきゃ〟と私の気持ちが強く後押しされた。

「私は……ラフさんが好きです」

横を向き、ラフさんの顔を正面から見る。ラフさんは驚きと複雑な想いが入り混じった表情だった。そのまま静かに気持ちを伝える。

「気がついたときには、ラフさんが好きでした。ラフさんはいつも私のために行動してくれますし、優しいし、仲間想いですし……。ギルドメンバーとして、大事な仲間としてだけではなく……一人の男性として好きなんです」

「ウェーザ……」

ラフさんの手をそっと握る。その大きな手は、いつも私を包み込んでくれていた。今度は私も包み込む側になりたい。

「ラフさんの出自がどうであれ、これだけは確かです。私は何があってもラフさんのことがずっと好きです。私はラフさんと一生……」

「ウェーザ、お前の気持ちは本当に嬉しい」

最後まで言い切る前に、ラフさんは私の言葉を遮った。そのまま、そっと私の手を握り返す。大きくて柔らかくて温かい手だった。その顔は薄っすらと微笑んでいる。

「俺もウェーザのことは誰よりも大事に思っている。ウェーザといつまでも一緒にいたい」

「そのお言葉を聞けて……私は本当に嬉しいです」

そう答えたものの、胸の中には切なさや戸惑いがごちゃごちゃしていた。言葉を遮られたことに、まだ心の整理がついていなかった。

(でも、ラフさんは優しいから…………敢えてそうしたのかな)

思えば思うほど、やり場のない気持ちがあふれてくる。

「だけど……今は一緒にいられるだけで幸せなんだ。俺はもう少し、その幸せを噛みしめていたい」

「ラフさん……」

その言葉、表情だけで、やっぱり身分の差が重くのしかかっているのだなとわかった。すぐには解決できない問題だ。ラフさんは握っていた手を静かに離す。名残惜しかったけど、ラフさんの気持ちを思うと、私からもう一度握ろうという気にはなれなかった。

「さて、そろそろ流星群も終わりだな。体が冷えるとまずい。ギルドに戻ろう」

「あっ、ラフさん」

ラフさんはスッと立ち上がる。その静かな後ろ姿から、このお話はもうおしまいだと伝わってきた。いつもより重い足取りでラフさんの背中を追いかける。歩いた先にはネイルスちゃんとバーシルさんがいて、ラフさんがお願いごとはちゃんとできたか？　と尋ねていた。

「できたよ！　流星群キレイだったねぇ。また来年も見たいなぁ」

『俺も願いごとをたくさんしたぞ！』

二人と話すラフさんはいつもと同じ顔だった。

「ねえ、ウェーザお姉ちゃんもお願いごとした？」

「え、ええ、そうね。私もいっぱいお祈りしたわ」

みんなと一緒にギルドへ戻る。空を見ても、流星群はもう流れなかった。

第十二章　叙勲

結局、あれからラフさんとは何事もなかったかのように、同じギルドのメンバーとして接している。どことなく寂しさはあるけれど、流星群も過ぎたので私たちはいつも通りの日常を送っていた。今は作物の収穫時期なので、ギルド総出で収穫作業だ。

「よいしょっ、やっぱり収穫は楽しいですね」

「今までの努力が報われる瞬間だからな。楽しいに決まっているさ」

朝から農作業をし、夜にはみんなとお喋りしてから温かいベッドで眠る。幸せな毎日だ。もちろん、ラフさんとの関係もいつも通りだ。相変わらず優しくしてくれるし、一緒にいるのは本当に楽しい。私たちの身分差の話も、もう出てくることはなかった。

「ラントバウ王国でも〈さすらいコマクサ〉の畑ができているんでしょうか」

「ああ、きっと〝重農の鋤〟より大きな畑だろうよ。農業のエキスパートが揃っているからな」

この先、また〝破蕾病〟が発生してもすぐに対処できるように、ギルドが分けた〈さすらいコマクサ〉は国を挙げて大切に育てていくようだ。アグリカルさんが電気を通す柵の造り方を教えると、大変に驚いて感動していた。

「おーい、ラフー！　ちょっと来てー！　手紙が来てるよー！」

二人で作業していたら、ギルドの方からフレッシュさんの声が聞こえてきた。

「ん？　俺に手紙？　珍しいな」

「仕立て屋のお仕事でしょうか」

「ちょうど作業も一区切りついたことだし、一旦ギルドに戻るか」

「あっ、私も行きます」

ラフさんと一緒にギルドへ戻る。フレッシュさんとアグリカルさんが出迎えてくれた。

「俺に手紙って、どこから来たんだ？」

「それがラントバウ王国の国王陛下からなんだよ。アタシは驚いたのなんのって。国王の使者まで来ているよ」

「なにっ⁉」

「ラントバウ王国ですか⁉」

ギルドの一角には金の刺繍が施された茶色のジャケットを着ている男性がいて、私たちを見ると丁寧に会釈してくれた。ラフさんは手紙を受け取り注意深く見る。ラントバウ王国の立派なシーリングスタンプで封じられていた。

「わざわざ手紙を送ってくるとは……なんだろうな。何もないといいのだが」

「また問題が出てきたんでしょうか」

「まずは読んでみよう」

ラフさんは手紙をピリピリと開ける。

「じゃあ、読み上げるぞ。『〝重農の鋤〟ラフ殿。先日のクライム公爵と薬師の件では世話になった。貴殿らのおかげで、〈さすらいコマクサ〉も順調に育っておる。国内で流行している〝破蓄病〟も完全に終息するであろう。そこで、特に貢献してくれたラフ殿に爵位を授けたい。もちろん、〝重農の鋤〟にも感謝の証を授けたい。　ラントバウ王国国王』俺に……爵位を授けたいそうだ。にわかには信じられん」

　ラフさんは信じられないという顔だ。手紙を持ったまま固まっている。

「すごいじゃないか、ラフ！　国王陛下から直々に爵位を授けたいと言われるなんてさ！　アタシも嬉しいよ！」

「君の頑張りが認められたんだ！　〝重農の鋤〟……いや、ロファンティ始まって以来の素晴らしい名誉だよ！」

「良かったですね、ラフさん！　自分のことのように嬉しいです！」

　大切な人の素晴らしさが認められたようで、自分のこと以上に嬉しかった。ラフさんに出会えて、自分より大切な人が認められることの方が何倍も嬉しいことがわかった。しかし、ラフさんは本心から喜べないようだ。少し考え込んでいるような様子だった。

「どうしたんですか、ラフさん？」

「いや、国王がこう言ってくれるのは素直に嬉しい。本当さ。ただ、俺なんかが爵位を貰っていいのだろうか……と思ってな」

「「ラフ……」」

　ラフさんの出自のことは、アグリカルさんたちも知っている。

「ラフさん」

私は無骨で優しい手を握った。ラフさんの顔を正面から見る。

「俺なんか、なんて言わないでください。ラフさんのご活躍は、王様が爵位の授与を申し出るほどに凄いことです。ラフさんが守ってくれた平和ですから、絶対にみなさんで祝福してくれます」

「ウェーザ……」

ラフさんの顔に少しずつ明るさが戻ってきた。

「それもそうだな。ウェーザの言う通りだ。さて、早い方がいいだろう。ラントバウ王国へ行くとするか」

「はい、さっそく向かいましょう」

使者は馬車も用意してくれていたみたいで、私たちは簡単な荷物をまとめるだけでよかった。メンバーは〝花の品評会〟に行ったときと同じだ。御者もラントバウ王国の人たちが引き受けてくれ、みんなで一緒の客車に乗ることができた。椅子は大変に座り心地が良く、十分足を伸ばせるほど広い。道中の食事も携帯食とは思えないほど豪勢で、ご厚意に申し訳なく思いつつも美味しくいただいた。王様からの手紙が届いてから五日後、私たちはあのお城に着いた。

「着きましたね、ラントバウ王国に」

「ああ、思ったより早かったな」

「アタシは品評会の光景が鮮明に思い出されるよ」

「こんなすぐに帰ってくるとは僕も思いませんでした」

〝花の品評会〟に参加したときより早かった気がする。良いことが待っていると思うと、気持ちも軽くなるのかもしれなかった。王宮に向かうと大公爵夫妻が出迎えてくれた。

「父上、母上！　来てくれたのですか！」

「ああ、お前の大切な友人だからな。私たちも一緒に祝えたら嬉しい」

「〝重農の鋤〟の皆さんには本当にお世話になりましたからね」

大公爵夫妻からは、すっかりとげとげしい雰囲気が消えている。子どもを大切に想うお父さんとお母さんといった雰囲気だ。私たちも握手を交わす。

「国王陛下からラフ殿に爵位を授けたい、と聞いたときは驚いたが、それと同時に当然だと思った」

「誰も反対する人はいなかったわ。それほど、あなたの功績は素晴らしいの」

温かい言葉をかけられ、ラフさんはぎこちなくも小さな微笑みを見せる。大公爵夫妻は私たちとの再会をいたく喜んでくれていた。

「ルーズレスさん、シビリアさん。またお会いできて光栄です。この前は本当にお世話になりました」

「その後は問題ないか？」

「〈さすらいコマクサ〉の栽培も順調かいね？」

やっぱり、そこが一番気になるところだ。

「ああ、何も問題はないさ。君たちのおかげで、〝破蕾病〟の患者も救われた」

「国内の治安もさらによくなったわよ。ラフさん、あなたともまた会えて光栄だわ」

そう聞いて、私たちはみんなホッとした。貴族の皆さんが元通りの生活を送れるようになるのも、そう遠くはないだろう。

「さて、この先は私たちがご案内しよう」

「みんな、あなたたちが顕彰《けんしょう》される様を見ようと待ちかねていますよ」

「ああ、そうだな。よろしく頼む」

大公爵夫妻に連れられ、私たちは王宮を進む。まずは正装に着替えてほしい、と私たちは男女別々の部屋に通された。私とアグリカルさんは、腰から足首にかけてふんわりしたドレスをあてがわれた。私が薄い桃色でアグリカルさんは淡い紫色だ。最後にウエストがキュッと絞められる。

「うわっ、ちょっと何するんだい。苦しいじゃないか」

「申し訳ございません。少しの間だけですので」

アグリカルさんはしょうがないね、と言いつつも了承していた。部屋を出ると男性方はすでに着替え終わっていた。フレッシュさんは濃いブルーのコートに白いシャツが清潔な印象だ。ラフさんは白地に金の刺繍が施された厳かなジャケットと細身のズボンを身につけ、大国の王子様みたいな格好になっていた。正直とてもかっこよくて思わず見惚れてしまう。

「ラ、ラフさん……す、素敵なお洋服ですね」

「ウェ、ウェーザこそ……似合っているな」

ラフさんと見つめ合っているとみんなにニヤニヤされてしまった。

そのまま部屋を出ると、階段を上がりまっすぐ奥に歩いていく。突き当たりには重厚な扉があって、衛兵たちに開かれると豪華な玉座が二つ置かれていた。でも、王様も王妃様も座っておらず、中には人っ子一人いない。

（てっきり王の間で叙勲されると思っていたけど違うのかな……？）

ラフさんたちも顔を見合わせてそわそわしている。大公爵夫妻は混乱している私たちをカーテンの前に連れてきた。

「心配はいらないぞ、ラフ殿。皆の前で功績を讃えさせてもらいたくてな。私から王様に進言したのだ。今回はここで叙勲の儀を行わせてもらう！」

勢いよくカーテンが開け放たれると、そこはバルコニーだった。眼下にはたくさんの観衆がいて大歓声で迎えてくれる。

「待ってましたぞー、ラフ殿！」

「〝重農の鋤〟の方々もよく来てくれた！」

「あなたたちを一目見ようと、みな集まったのですよ！」

貴族の人たちはみんな笑顔だ。予想以上の反応にラフさんもビックリしていた。

「みなさん、とても嬉しそうですね」

「ああ、俺も驚いた」

目の前には王様と王妃様がいらっしゃる。私たちを見ると、嬉しそうに手招きしていた。

「ようこそ来てくれた。さあ、こちらへ来てくれるかの」

「ああ、今行く」

私たちは王様たちの下へ駆け寄る。みんなで並ぶと、会場は少しずつ静かになっていった。

「さて、遠路はるばるご苦労じゃった。お呼びしたのは他でもない。貴殿らの功績を称えるためである。まずは〝重農の鋤〟殿に栄誉を授けたい」

王様の声が王宮に響く。ギルドマスターのアグリカルさんが一歩前に出た。

「貴殿らが提供してくれた〈さすらいコマクサ〉によって、〝破蕾病〟の民たちも全員快復に向かっている。改めて感謝の言葉を言わせてもらうぞ」

「なに、アタシらは当然のことをしたまでさ」

「これが栄誉の証である盾じゃ。代表のアグリカル殿、受け取ってくれたまえ」

「ありがたく受け取らせてもらうよ」

王様は金色の小ぶりな盾をアグリカルさんに渡す。ラントバウ王国の紋章である芽吹く若葉が刻まれていた。アグリカルさんが掲げると、王宮は一段と盛り上がる。

「「おおおー！　いいぞー！」」

「さて、ラフ殿。次はお主の番だ」

「ああ」

王様に言われ、ラフさんがスッと前に出る。

（いよいよ、ラフさんの叙勲の瞬間だ……）

ここにいる誰よりも私が緊張しているのでは、と錯覚するほど、周りの様子を見ても私だけ明らかに冷静ではいられなかった。

「貴殿は悪徳貴族と薬師たちから、ラントバウ王国の大切な民を守ってくれた。これは非常に尊いことである。そこで、お主には〝栄光騎士《グローリーナイト》〟の爵位を授けたい。これがその証じゃ」

「「わあああ！」」

王様は騎士の形をした金のブローチを掲げる。日の光に当たり、きらりと輝いた。会場は割れんばかりの拍手で包まれているけれど、対照的にラフさんの顔には暗い影が差していた。

「だが……俺は呪われた一族〝彷徨の民〟だ。爵位なんて物を本当に貰っていいのか……正直なところわからないんだ」

ラフさんの呟くような声を聞くと、会場も少しずつ静かになる。

「ラフ殿……」

王様は初めてお会いしたときと同じように穏やかな顔で、ラフさんの肩に優しく手を置いた。

「そんなことは気にしないでいい。お主は勇気と誇りのある男だ。それに、ワシはこの王国を差別のない国にしたいのじゃ。ラフ殿にはその象徴となってほしい」

「……俺が象徴に……？」

「ああ、そうじゃ。それに、ワシはずっと考えていることがある。お主のような立派な人間は、身分に関係なく評価されるべきだと。だから、ラフ殿にはぜひ爵位を受け取ってもらいたい。ワシの申し出を……引き受けてくれるか？」

ラフさんは顔を上げる。その表情からは迷いが消え、代わりに笑顔が見えていた。

「ああ、喜んで受けるさ。ぜひ、爵位を賜りたい」

「それは良かった。その言葉を聞けて、ワシも嬉しいぞよ。では、ラフ殿。膝をついてくれるかの？」

王様に促され、ラフさんは膝をつき首を垂れる。いよいよ叙勲の瞬間だ。一瞬も見逃さまいと、真剣な気持ちで見守る。

「なんだか、ドキドキするね。アタシまで緊張してきたよ」

「はい、私も緊張してきました。背筋が伸びるような気持ちです」

「僕はこの光景をこの先もずっと忘れないと思うよ」

私たちだけじゃない。集まっている全ての人たちが、叙勲の行く末を見守っていた。王様が天高くブローチを掲げる。気のせいか、そこだけ一段と明るくなったような気がした。

「ラフ殿には〝栄光騎士〟の爵位を授与する！　今後はラフ・グローリーナイトと名乗ると良いじゃろう」

「はっ！」

王様がラントバウ王国の紋章のブローチをラフさんの胸につける。再び歓声で城内は包まれた。

「ラフ殿。これからも大切な人たちの傍にいてあげなさい」

「ああ、そのつもりだ」

王様とラフさんたちが握手を交わすと、王宮は一段と盛り上がった。ラフさんは珍しく照れ笑いしている。

「やっぱり、こういうことは慣れないな。少し緊張してしまった。おかしいところはなかったか？」

「おかしいところなんてありませんよ！　ラフさん、すごくかっこよかったです。ブローチもすごく似合っていますよ。ブローチの騎士まで喜んでいるような気がします」

かっこよかった、と言うと、さらに照れていた。ラフさんの新しい一面が見えたようだった。

「グローリーナイトなんてかっこいい名前を貰ったじゃないか！　ネイルスもきっと喜ぶことさね！」

「まさか、ラフが貴族になるなんてね！　帰ったらさっそくお祝いしよう！　みんな嬉しいよ！」

「ああ、俺も嬉しいぞ」

その胸には金色のブローチが誇らしげに輝いていた。

「俺は嬉しい……本当に嬉しいんだ」

「あっ、ちょっ、ラフさん……!?」

突然、ラフさんにぎゅっと抱きしめられた。大きな体に私の頭はすっぽり隠れてしまう。くっついているとラフさんの心臓のドキドキする音と鼓動が伝わってきて、私の心も昂っていく。腕の隙間からは周りの様子が見えた。天に向かって叫んでいる人や、感極まって泣いている人……次から次へと喜びの拍手が沸き起こる。今度は私が照れなければならなくなった。アグリカルさんもフレッシュさんも、ニヤニヤしながら私たちに微笑んでいる。

「これでやっと、俺たちの間にあった壁がなくなった気がするんだ」

「ラフさん……」

恥ずかしいのに、それ以上に嬉しさで胸がいっぱいだ。城内の歓声は、しばらく鳴りやむことはなかった。

第十三章 多忙な日々と小さな指輪

〝重農の鋤〟に帰って来てから、穏やかな日々が戻ってきた。だけど……。

「ウェーザ、すまないが先に上がってもいいか？」

「はい、もちろん大丈夫です」

「すまんな。道具は置いておいてくれ、後で俺が片づけるから」

そう言うと、ラフさんは足早にギルドへ向かう。〝栄光騎士〟の爵位を授かってからずっと忙しそうなのだ。朝早くから仕立て屋に行ったり、夜遅くまでギルドで作業していたりと、それこそ休む暇もないほどに。

「あの、ラフさん」

「ん？　どうした、ウェーザ」

いなくなってしまう前に呼び止めた。

「もしかして、お仕事がお忙しいんですか？　私にできることがあったら遠慮なく言ってください」

爵位を授かったから、仕立て屋のお仕事も増えているのかもしれない。〝栄光騎士〟の人が作った服なんてそうそう着れない。私に縫ったりなんだりは難しいけど、少しでも力になりたかった。

「いや、大丈夫だ」

「……そうですか、呼び止めちゃってすみません」

「心配してくれてありがとうな、ウェーザ」

ラフさんはさくさくとギルドへ向かう。何度かお手伝いしますと言っていたけど、そのたびに大丈夫だと言われるだけだった。きっと、ラフさんにしかできないお仕事なのだろう。農作業も途中で切り上げないといけないことも多く、一緒に過ごせない時間が増えていた。こんなに一緒に過ごせないのは初めてで、最近は不安に感じることが多かった。畑仕事がひと段落して、ぼんやりと農場を眺める。

（そういえば、このところラフさんとゆっくりお話もできてない気がする……）

同じ場所にはいるのだけど、お話しできないのはやっぱり寂しい。そんなことを思っていたら、後ろから声がした。

「どうしたの、ウェーザお姉ちゃん。元気がないねぇ」

「ネイルスちゃん……」

振り返ると、ネイルスちゃんが心配そうな顔で私をのぞき込んでいた。そのまま、すとんと私の横に座る。

「最近塞《ふさ》ぎ込んでいることが多いね。私でよかったらお話聞くよ？」

「ありがとう、ネイルスちゃんは優しくて頼りになるお姉さんみたいね。でも、大丈夫……私は元気だから」

笑顔で答えたつもりだったけど、ちゃんと笑えているかな……と少し不安になってしまった。

「ウェーザお姉ちゃん」

「は、はい」

ネイルスちゃんが、ずずいっと身を乗り出してきた。急に大人っぽく見えてきてドキドキする。

「悩んでいることがあるんなら教えて。一人で考えていても解決しないと思うよ。私にできることだったら絶対に力になるから」

私の手をきゅっと握る。小さいけれど、ラフさんと同じ優しさが伝わってくるようで、正直に悩みを打ち明けようと思えた。

「いや、大したことではないの。ただ、ラフさんが忙しいみたいでね。もちろん、しょうがないのだけど、なかなか一緒に過ごせないのがどうしても心細くなっちゃって」

伝えている間、ネイルスちゃんは私の目をまっすぐ見ながら真剣に聞いてくれていた。

「ああ、そのことね。まったく、お兄ちゃんはそういうところのフォローが足りないんだから」

私の悩みを聞くと、呆れた様子でぷんっと怒っていた。

「何か事情を知っているの？　私には何も話してくれなくて……」

「お兄ちゃんはちょっと準備していることがあるんだよ」

「準備？　お仕事じゃなくて？」

ネイルスちゃんはコクリとうなずいている。

「お兄ちゃんは昔から言葉が足りないの。ウェーザお姉ちゃんを不安にさせちゃってごめんね」

「いや、それは構わないんだけど……ずっとお仕事が忙しいのかと思っていたわ」

「でも、心配しなくて大丈夫。お兄ちゃんは誰よりもウェーザお姉ちゃんのことを一番に思っているからね」

ネイルスちゃんは穏やかな表情で思いやりを込めて言ってくれた。

「ありがとう、ラフさんの気持ちは十分すぎるほど伝わっているわ」

ラフさんの優しさ、私を大事に想ってくれている心は、言葉にされなくてもわかる。

「お兄ちゃんの準備はとっても良いことなの。まだ詳しく言えないけど、ウェーザお姉ちゃんもきっと嬉しいよ。だから、もうちょっと待っててね」

「ええ、わかったわ。ネイルスちゃんのおかげで安心したよ。ありがとうね」

ネイルスちゃんはにんまりしている。その笑顔は太陽のように私の心を照らしてくれた。

翌日、〈太陽トマト〉の育ち具合を確認していたら、ラフさんが歩いてくるのが見えた。

「あっ、ラフさん。今日は農場ですか？」

「ああ、それもそうなんだが」

何やら言いにくそうな様子だ。話したいことがあるらしい。〝重農の鋤〟で一緒に過ごしているうちに、そんなことにも気が付くようになっていた。

「ウェーザ、話があるんだ」

「は、はい」

ラフさんはいつにもましてキリっとして真剣だ。私もつられて姿勢を正す。その雰囲気から、特別なお話なんだとわかった。心して言葉を待つ。

「俺たちの……今後に関する話だ」

「私たちの今後……ですか？」

「ああ、そうだ」

ラフさんは相変わらず淡々と話している。でも、その目から緊張していることが伝わってきた。

「ウェーザ、最近不安にさせてしまっていたようだな。配慮が足りなくて申し訳なかった」

「いえ、お忙しいのはわかっていましたから。私の方こそ、ラフさんに気苦労をかけてしまってごめんなさい」

「いや、ウェーザが謝る必要はないんだ」

ラフさんは真摯に謝ってくれた。きっと、ネイルスちゃんが話してくれたのかもしれない。思い返せば、ラフさんはいつも私のことを気遣ってくれていた。だから、私も思いやりの心が成長したような気がする。

「それで、今後のお話とはなんでしょうか？」

「ああ、そのことなんだが……」

ラフさんは一度口を閉じると、しばしの間静かに佇んでいた。いつもとは違う雰囲気に心臓が高鳴る。

「その前に伝えておくべきことがある」

「は、はい」

少し離れたラフさんの後ろの方で、ネイルスちゃんが手を振っていた。両手で大きな丸マークを作っている。バーシルさんがこっちに来ようとしてたけど、ネイルスちゃんに力強く止められていた。

「俺は日頃からウェーザにとても感謝している。何も【天気予報】スキルだけではない。ウェーザのおかげで幸せな毎日が送れているんだ」

(私もラフさんには本当に感謝しています。こちらこそ、いつもありがとうございます)

ラフさんの言葉を遮らないように、心の中で日頃の想いを伝える。ラフさんには感謝してもしきれないのだ。〝重農の鋤〟に来た日々を思い出すと感慨深い。私たちの間を爽やかな風が通り抜ける。

「ウェーザ……」

「は、はい……」

ラフさんは意を決したように、私の手をそっと握る。

「ウェーザ、愛している」

「っ⁉」

予想外の言葉に心臓が跳ね上がった。ドキドキして破裂しそうだ。

「流星群の日、ウェーザは自分の気持ちを伝えてくれた。あれからずっと、俺も素直な気持ちを伝えようと思っていたんだ」

驚きが止まらず佇んでいると、ラフさんが私の髪を優しく撫でて微笑みながら言ってくれた。

「今、俺たちの指輪を作っているんだ」

「ゆ、指輪……ですか？　それに、私たちのって……」

まさか、と気持ちが膨らむ。きっと、ただの指輪ではない。私の夢が詰まったような指輪なんだろう。

「俺たちの気持ちが結晶になったような指輪だ。俺たちの人生が結ばれたような、と言ってもいい」

「ラフさん……」

その言葉を聞いただけで、嬉しさが目から零れそうになり、おまけに頬っぺたが大変に熱くなってきた。

〈今の私の顔は、〈太陽トマト〉と同じくらい赤いかも……〉

「俺がデザインして、アグリカルに作ってもらっている。指輪は然るべきときに、きちんとした言葉と一緒に渡したいと思っている。だから、もう少し待っていてほしいんだ」

「はい……はいっ……」

嬉しさがこみ上げてきて声が出なくなってしまった。喜びで胸が詰まる。こんなに幸せな経験は初めてだった。感極まって泣きそうになっていたら、ラフさんがギュッと抱きしめてくれた。

「それほど遠くない日に指輪も言葉も渡せると思う。楽しみに待っててくれ」

「はい……楽しみに待ってますね」

手を握り合ったまま見つめ合う。以前とは違う胸の高まりを感じていた。世界がさらに明るくなっていく気がする。

「……ありがとう、ウェーザ」

「ありがとうございます……ラフさん」

どちらともなくお礼を言うと、私たちは手を離す。涼しい風が吹いているけど、ラフさんのぬくもりは簡単には冷めなそうだった。立ち去るラフさんを静かに見守る。その背中は、いつもよりずっと大きく見えた。

第十四章　いつまでも

「そういえば、そろそろ祭りの時期だな」

ある日の昼下がり、ラフさんが思い出したように呟いた。

「ロファンティにもお祭りがあるんですか?」

「ああ、毎年やってるぞ。みんな思い思いの店を出して楽しむんだ」

「それはずいぶんと賑やかそうでいいですね」

ロファンティはいつも元気にあふれている。お祭りとなると、普段よりずっとエネルギッシュになるのだろう。

「いつも活気のある街がさらに騒がしくなるな。街が総出でそれはもううるさいほどさ」

話すラフさんも楽しそうだ。その日から、お祭りに向けての打ち合わせが始まった。

「アグリカル、俺たちは何を出す予定なんだ?」

「今年もうちは作物の出店をやるよ。去年よりもう少し大きくしようかね」

「僕もお手伝いします。みんなのおかげで作物の種類も増えたからね。昨年は出せなかった料理も出してみよう」

(ギルドの作物を出すお店かぁ。なんだかすごい楽しそうね)

そして、準備をしていると、あっという間にお祭りの当日になった。ギルドの出店は小さいけど、ひっきりなしにお客さんがやってくる。

「じゃあ、ウェーザ。事前に教えた通りにやってくれればいいからな。ネイルスもよろしく頼む」

「はい、ラフさん。販売は任せてください」

「ウェーザお姉ちゃんとたくさん売るよ」

私はネイルスちゃんと販売の担当だった。ラフさんは調理のお仕事で、フレッシュさんとアグリカルさんは裏方だ。

「頑張ろうね、ネイルスちゃん」

「うん！　お客さん、たくさん来るといいね」

お店を開いたら、すぐに数人のお客さんがやってきた。

「ウェーザちゃん。〈満足モロコシ〉の丸焼きは売ってるかい？」

「俺にも一本くれ」

「はい！　少々お待ちください！」

「今、用意しますね！　お兄ちゃーん、注文入ったよー！」

ネイルスちゃんと一緒にテキパキと準備を進める。お客さんは顔見知りの人たちばかりだった。

（〝重農の鋤〟はみんなに愛されているんだな……）

気が付いたらそんなことを自然に思っていた。

「あっ、ウェーザお姉ちゃん。広場の方で踊りが始まったね」

「ええ、それに音楽も聞こえてきたね」

バグパイプやアコーディオンの陽気な音楽が流れだす。少し離れた広場では、踊り子がリズムに合わせて踊っている。その鮮やかな衣装は、まるでカラフルな鳥がダンスしているようだった。ロファンティの明るさを象徴しているみたいだ。お店がひと段落したとき、ネイルスちゃんがため息交じりに呟いた。

「やっぱり、お祭りは楽しいなぁ。去年は参加できなかったから、より楽しいのかも」

「私も本当に楽しいわ。こんなお祭り初めてだよ。王国にいたときは絶対に経験できなかったわ」

「こうして私が楽しめているのも、ウェーザお姉ちゃんのおかげだね。ありがとう」

ネイルスちゃんと一緒にお料理を売るのは、楽しかったし嬉しかった。お客さんの笑顔が間近で見られる。街ゆく人々の顔には笑みがあふれていた。人が人を呼びちょっとした行列になってきたので並んでいる人を誘導していたら、フレッシュさんとアグリカルさんが来てくれた。

「ウェーザ、調子はどうだい？　結構お客さんが来ているみたいじゃないか」

「疲れたら遠慮なく言ってね。すぐ僕たちが交代するから」

「ありがとうございます。でも、大丈夫です。疲れなんか感じる暇もないくらい楽しいです」

二人ともお祭りが好きなんだろう。明るい笑みを湛えていた。

「作物はまだまだあるからね。ジャンジャン売っていいよ」

「ウェーザさんが売っているって聞いたら、それだけでお客さんも集まりそうだね」

ギルドの出店は売れ行きが好調だ。数時間も経たずにほとんどの作物が売り切れた。お祭りも終わりが近づいている雰囲気だ。そして、さっきからラフさんはそわそわしている気がする。ネイルスちゃんたちは顔を見合わせていた。

「お兄ちゃん、あとは私たちに任せて。先に上がっていいよ。出店ももうおしまいだから」

「ウェーザも一緒に上がりな。ずっと販売をしていて疲れたろう。あとはアタシらに任せときな」

「片付けは僕たちがやっておくからね。ラフと一緒に先にお祭りを楽しんできなよ」

気遣ってくれるのはありがたいし、疲れているのも確かだ。でも、片付けをやらせてしまうのは申し訳ない。

「ありがとうございます。でも、私も片付けのお手伝いを……」

「「いや、大丈夫だから」」

「は、はい」

私も片付けをしようとしたら、すかさず断られてしまった。なんかみんなで結託しているような感じがするけど、気のせいかもしれない。ラフさんも「そ、そうか？　すまん」と言いながら、私の方に来た。どうしたわけか、他のみんなはワクワクしながら私たちを見ている。

「さて、ウェーザ。お疲れだったな。たくさん客が来て忙しかっただろう？」

「あ、いいえ、ラフさんもお料理お疲れ様でした。みなさん、すごくおいしいって喜んでいましたよ」

「そうか。それは良かった」

ラフさんは言葉を切るとその場に佇んだ。ネイルスちゃんたちは、片付けしつつなぜかチラチラとこっちを見てくる。やがて、ラフさんは静かに、だけどはっきりと伝えてくれた。

「ウェーザ、俺と一緒に来てくれないか？　その……見せたい物があるんだ」

「はい……ラフさんの行くところなら、どこまでもついていきます」

「では、こっちに来てくれ」

ラフさんに手を引かれ、歩き出す。不思議なことに、世界には私たちだけしかいないように思えてしまった。そのまま、ラフさんに案内され小高い丘に着いた。

「よし、間に合った」

「ここは……」

左右と後ろはこぢんまりとした草むらに囲まれているけど、前だけはぽっかり開けている。街から少し離れていることもあって、ここだけ特別な空間みたいだった。

「ウェーザ、今から面白い物が見れるぞ」

「面白い物……ですか？」

「待ってればわかるさ」

ラフさんは小さく笑みを湛えながら空を見ている。なんだろう？　と思っていたら、どこからかヒュルルル～……と音がして、ドンッ！　という衝撃音が伝わってきた。空には色とりどりの光の花が打ちあがっている。

「面白い物って、花火ですね！」

「ああ、毎年祭りの最後には花火が打ちあがるんだ。ウェーザにはどうしても見せたくてな」

「すごく……すごくキレイです」

こんなに素敵な花火は見たことがない。その美しさももちろんだけど、連れて来てくれた感激で胸がいっぱいだった。

「どうやら、ここは穴場らしくてな。アグリカルたちに教えてもらったんだ」

ラフさんはにこりと笑っている。花火の明るさに照らされ、いつもよりさらに魅力的に見えた。

「私……とっても嬉しいです」

「そして、見せたい物はこれだけじゃないんだ。ちょっと待っててくれ」

ラフさんは地面に筒を置いたかと思うと、手をかざした。魔力を込めているようだ。

「ラフさん、それは何ですか？」

「見てからのお楽しみだ。さあ、ちょっと離れるぞ」

ラフさんに促され、筒から少し離れる。パーンッ！　と光の玉が打ちあがった。夜空で水しぶきが舞ったかと思うと……空に美しい虹が咲いた。

「キ、キレイ……！　ラフさん、虹が出てきましたよ！」

「これは〝虹花火《にじはなび》〟と言ってな、虹を作れる花火なんだ。まぁ、ちょっとしたサプライズプレゼントだな……喜んでくれたか？」

「は、はい……もちろん、喜んでいるに決まっています。すみません……感動して涙が……本当に美しくて嬉しいです」

夜空の尊い虹を見ていると自然に涙が零れた。みんなと一緒に見たあの素晴らしいムーンボウを思い出すような……いや、それ以上の感動が胸いっぱいに広がっていく。目をうるうるさせながら眺めていたら、ラフさんがゆっくりと私の方を向いた。見たことないくらい真面目な顔で、心臓が跳ね上がる。

「ウェーザ、渡したい物があるんだが……」

そう言って、ラフさんはポケットから小さな箱を取り出した。静かにそっと開ける。そして、そこには……。

「こ、これは……あの指輪ですか?」

「ああ、完成したんだ。裏には俺とウェーザの名前が刻まれている」

指輪には小さなうねりがあって、シンプルだけど美しいデザインだった。ラフさんの言う通り、裏面に私たちの名前が刻印されている。名前の間には〝重農の鋤〟の紋章も描かれていた。ラフさんは跪くと、静かに私の手を取る。

「俺はお前と一生を添い遂げたい。これが俺の素直な気持ちだ。ウェーザ……受け取ってくれるか?」

その真剣な顔を見ていると、自然と頬に涙が伝った。今までで一番温かい涙だった。

「ええ……もちろんです、ラフさん」

ラフさんはスッと丁寧に指輪をはめてくれる。私の薬指にピッタリだった。

「こんなに嬉しいことは……今まででで初めてかもしれません」

涙をぬぐいながらぐすぐすと答える。笑顔で答えたいのに、ぬぐってもぬぐっても涙が止まってくれることはなかった。ラフさんは立ち上がると、優しく私の肩を抱いてくれた。

「ウェーザ、俺もこんなに嬉しいことは初めてだ。今思えば、俺はお前に出会うために生まれてきたのかもしれない」

「ラフさん……私も………同じことを思っていました」

どちらともなく目を閉じて顔を近づける。いつからか、この瞬間をずっと待っていたような気がする。

（本当に……本当に幸せだ……）

ラフさんの唇を感じたような気がしたとき、横の方でガサゴソ音がした。聞き馴染みのある小さな声が聞こえてくる。

「……こら、フランク！　あんたは本当に邪魔だね！　全然見えないじゃないか！」

「いてっ……！　マスターこそ、もうちょっと後ろに下がってくれよ！」

「だから、オヤジは来ない方がいいって言ったんだ……！」

『おい……俺様にも見せろ！　あいつらは何をやってるんだ⁉』

「お兄ちゃんたちは大人の階段を上るんだね……！」

「静かにしてよ、みんな……！　今いいところなんだから！」

さらには、うっとりするほど神聖な歌声まで響く。

《ララ〜、大好きな二人が結ばれて〜、お花の私も嬉しいわ〜、いつまでも末永くお幸せに

〜》

「「ほらっ、マーガレットは隠して！」」

目を閉じたまま必死に考えていた。

（こ、こういうときって……どうしたらいいんだろう？）

全てが初めてのことで勝手がわからない。このまま進めてしまっていいのだろうか。

（そうだ、ラフさんの様子を見てみよう。チラッと）

そぉっと薄目を開ける。ラフさんは呆れた様子で草むらを見ている。何とも言えない表情でため息を吐いていた。

「……聞こえてるぞ」

「「うわぁっ‼」」

草むらがビクッとしたと思ったら、ドドドドッとみんなが転がり出てきた。ラフさんが力の抜けた様子で近寄る。

「お前らなぁ……」

「「あ、いや、ちょっとバランスが崩れて……」」

必死に言い逃れようとモゴモゴ言うみんながおかしくて、笑いを堪えるのが大変だった。ラフさんは呆れた顔のまま話を続ける。

「穴場と言ってこの場所を提案してきたのもこのためだったんだな」

「「……はは」」

アグリカルさんもフレッシュさんも、みんなきまり悪そうに笑っていた。

「ウェーザ、すまん……」

「いいえ」

がっかりした様子のラフさんの手を握る。大きくて優しくて温かい。私もいつか、これくらい安心できるような手になりたいと思った。涙も止まり正面からラフさんの顔を見ることができた。

「ラフさんの気持ちは……十分すぎるほど伝わってきました。本当です。これからも一緒に歩いて行きましょう……今までと同じように」

「ウェーザ……ありがとう」

ラフさんにぎゅっと抱きしめられる。みんなの祝福の声が空に響き渡った。夜空には美しい虹がいつまでもかかっている。私はこの瞬間を永遠に忘れないだろう。ひときわ大きな花火が打ち上がり、左手の指輪がキラリと輝いた。

「アグリカルさーん、〈潤いナス〉の収穫を始めますよー」

「あいよー、先に始めといてくれー」

〝重農の鋤〟のメンバーがギルド前の畑に集合している。〈潤いナス〉は一面に育っているので、ギルド総出で作業しても夜までかかるだろう。畑の中心ではフレッシュがテキパキと指示を出している。太陽が地上に降りたように輝いているナンバー2を見ていると、今では懐かしいあの日々が思い出された。〝重農の鋤〟創立に向けての毎日だ。

◆◆◆

「おい、アグリカル！　さっさと石炭を持ってこい！」

「今持っていくよ！」

アタシは【鍛冶師】のスキルで鍛冶ギルドに勤めているのに、あるときから石炭運びばかりしている。いや、正確にはそれしかやらされていなかった。ギルドマスターが造った剣よりアタシの剣の方が高く売れたからだ。

――女が男より良い仕事をしやがった。

たったそれだけのくだらない理由で干されていた。こんな状況ではいつまで経っても石炭運びの毎日だ。

　ある日、もう我慢も限界でギルドマスターに直談判を決意した。ずかずかと部屋に行き、返事を待たずに勢い良くドアを開く。ギルドマスターは禁止されている昼酒を呷《あお》っていた。

「なんだぁ、アグリカル。いきなり来やがってぇ」

「どうしてアタシに仕事をくれないんだい！　ちゃんと【鍛冶師】のスキルだって持ってるだろ！」

「何回も言っているだろうが。女にこの仕事は任せられねえんだよ」

　ギルドマスターは見下したようにニヤニヤ笑っている。猛烈に腹が立ち、そのだらしない顔を思いっきりぶん殴った。

「ぶごぁっ！」

「調子に乗るんじゃないよ！」

「て、てめえ！　俺に逆らいやがったな⁉　ギルドマスターになりたいんじゃなかったのか⁉　一生お前に仕事をやらないぞ！」

「はっ！　そんなのこっちから願い下げだね！」

　手荷物をまとめると、さっさとギルドを飛び出した。こんなところで燻《くすぶ》ったまま人生を終えるなんてまっぴらごめんだ。さて、どこに行こうか。ぽりぽりと頭をかきながら考えていたけど、答えが出る前に歩きだした。アタシは動いていないと気が済まない。

（まぁ、進むしかないさね。悩むよりまずは行動さ）

歩いていると気分も晴れてくるだろう。深い森を抜け草原を歩き、川を上り小さな山を二つほど越えた頃、広いけれど貧相な荒れ地に出てきた。奥の方には小さな街が見える。

(まずはあの街に行ってみようかね…………ん？)

気が付いたら、数匹の小さいけれど凶暴そうなゴブリンに囲まれていた。すかさずギルドから持ってきたナイフと手斧を構える。きつく睨んでいると、モンスターたちは逃げて行った。ホッと一息吐いて歩きだしたものの、やたらとモンスターに遭遇することが多かった。それだけでなく、荒れ地には見るからにガラの悪い男たちがたむろしていた。

(この辺りはずいぶんとモンスターが多いね。おまけに、物騒な男どももいるし)

アタシがいた地域とはだいぶ事情が違うらしい。注意しながら荒れ地を抜けると街に着いた。いや、街というより掘っ立て小屋の寄せ集めだ。さぞかし住民もやつれているかと思っていたけど、意外にも活気にあふれていた。道行く者たちは俯いたりせず、みな前を向いている。興味を抱かれながら歩いていると、いきなり角から少年が出てきてアタシに勢い良くぶつかった。

「いたっ！　危ないじゃないか。周りをよく見な」

「ごめんなさい、お姉さん」

少年はくたびれた帽子に片手をあてて会釈する。ボロ服を着ている割には礼儀正しい。

「まぁ、わかればいいんだよ」

「はい、すみませんでした。それじゃあ、僕はこれで」

(やれやれ、元気なのはいいことだけどさ…………っ！)

笑顔で走り去ろうとした少年の腕を掴む。

「ちょっと待ちな」

「な、なんですか、お姉さん。離してくださいよ」

「あんた、アタシの財布を盗んだね？」

そう言った瞬間、少年の表情が一変した。さっきまでのヘラヘラした笑みは消え、代わりにダラっとした脂汗が滲んでいる。

「な、何を言ってるんでしょうか。ぼ、僕は財布を盗んでなんかいません」

「誤魔化しても無駄だよ。痛い目見ないとわからないか？」

「ご、ごめんなさい！　返しますんで許してください！」

殴る素振りをすると少年はあっさり白状して、ポケットから小さな財布を取り出した。確認したけど中身は盗られていないようだ。

「ずいぶん手癖の悪いガキさね。アタシから盗もうなんて度胸のあるヤツだよ」

「し、仕方なかったんです。こうでもしないと、ここでは生きていけないんですから」

少年は悪びれもなく語る。事情はわかっても、こんなことを容認できるはずはなかった。

「甘ったれんじゃないよ！　やろうと思えば靴磨きでも何でもできるだろ！　あんたは一生スリをして暮らそうってのかい！」

「そ、それは……」

叱りつけると少年は申し訳なさそうにしょんぼりした。不意に、ぐ～っとその小さな腹が鳴ると、少年は気恥ずかしそうにモジモジする。仕方がないので銅貨を一枚だけ渡した。

「ほら、これでパンでも買いな」

「……え？　い、いいんですか？」

少年は信じられないといった様子でアタシを見る。

「その代わり、スリはこれっきりにするんだよ」

「……はい！　ありがとうございます、お姉さん！　もうスリなんかしません！　これからは真っ当に生きてみせます！」

少年はスカッとした笑顔で手を振りながら去っていった。

（ったく、世話のかかるガキだね）

歩きだすと小さな料理屋があったので昼食を摂ることにする。簡単なパンとスープを食べると、店主と思われる中年の女性に尋ねた。

「ちょっと聞きたいんだけどさ、ここはなんていう街なんだい？」

「みんなロファンティって呼んでいるよ。土地の貧しさとモンスターだらけの荒れ地が近いせいで、偉い国々から見捨てられた空白地帯さ」

「へぇ、ロファンティねぇ……」

初めて聞く名前のはずなのに、不思議と耳の中にスッと入ってきた。街をぼんやり眺めていると、男社会のギルドにいたアタシにとっては驚きの光景が並んでいた。女が主人の宿や武器屋がいくつもある。どの女主人も笑顔で生き生きとしていた。以前いたギルドでは考えられないような光景だった。アタシには衝撃的な光景でしばらくショックを受けていた。

（男も女も……好きに生きている）

　ここでは性別の差なんて関係なく、それぞれが好きなように生きられるのだ。治安が悪いところもありそうだけど、アタシはこの街が気に入った。ここに住むことを決意して店主に街の話を聞く。

「アタシもロファンティに住みたいんだけど、町長みたいな人はいるのかい？　住む許可をもらおうと思うんだけどね」

「おっ、あんたも物好きだね。まぁ、この街にはそんなヤツばっかりさ。町長なんていないよ。みんな、好き勝手生きているんだ。この店だって誰かが作って放置していた小屋を改築したんだよ」

「ふ～ん、なるほどねぇ。情報ありがとうよ、ごちそうさん」

　代金を支払い店を出る。相変わらず、通りには多種多様な格好をした通行人が歩いていた。行商人だったり薬草売り、怪しいアイテムを売っている路傍《ろぼう》の商人、そして、巨大な剣や盾を担いだ冒険者……。ここならどんな仕事でも認められるようだ。街を歩きながら今後のことを考える。

（どんな仕事をしようかねぇ……）

　また鍛冶師をしてもいい。冒険者がいるのであれば仕事には困らないだろう。だけど、それとは別に、アタシにはやってみたいことが一つあった。

（……農業とかはどうだろう）

アタシは孤児で、幼い頃はいつもお腹を空かせていた。その辛い空腹感は今でもよく覚えている。それに、このロファンティという街も決して豊かとは言えないようだ。路傍に座っている子どもたちは痩せている子が多い。さっきの少年だって空腹に襲われていたし、料理屋で出てきた食事もこう言っては失礼だけど貧相だった。ここで農業ができたら、ロファンティの食糧事情だって改善するかもしれない。

「……よし！　いっちょやってみるかね！」

考えていても始まらない。考えるより前にまず行動。それがアタシの信念だ。

（さて、まずは住むところを探そうか）

街の通りには建物が密集しているけど空き家はなさそうだ。しばらく宿屋に泊まるって手もあるけど、どうせならさっさと自分の家を見つけたい。通りを抜けると、周りに広がっている荒れ地のように貧しい土地が広がっていた。草花なんてまるで生えていないし、素人目で見ても土壌の悪さがよくわかる。だけど、逆に言えば伸びしろがあるってことだ。むしろ、農業をやるのであればこれくらい広い方がいいだろう。この地域はモンスターが多いみたいだし、あまり街からは離れたくない。

（まぁ、とりあえずはここに住むかね）

これだけ広いのだ。家の一軒くらい建てても文句は言われないと思う。空を見ると太陽はまだ上の方にある。今から作業すれば夜までに壁くらいはできそうだ。大きな声を出して気合を入れる。

「よしっ！　さっさとやるよ！」

荒れ地の端っこにあった、これまた貧相な森から材木を集めてくる。ギルドから持ってきた小さな斧とナイフが役に立った。アタシの魔力が込めてあるので切れ味抜群で、わずかな力でもサクサクと木を切れる。夕暮れまで作業すると急ごしらえの板で囲まれた家ができた。地面に板を差し込んだだけなので隙間だらけだし、屋根は間に合わなかったので吹き抜けだ。それでも、自分だけの居場所だと思うと気分が良かった。ごろんと中に寝っ転がったら空が見える。少しずつ暗くなり星が瞬いてきた。これから新しい人生が始まると思うと明日が待ち遠しかった。

翌日、朝早く起きるとさっそく計画を立て始めた。だけど……。

「……何にもないじゃないか」

見渡す限りの荒れ地にただのボロ小屋。前途多難ではありそうだったけど、まずは必要な物、欲しいものをリストアップしよう。紙に書いていけば自然と整理されるってもんだ。鋤やクワ、スコップなどの基本的な道具に作物の種、水は近くに川があるけど肥料は用意しないとダメそうだ。あとは……。

「……信頼できる仲間が欲しいねぇ」

一人でも生きていける自信はあったけど、心から信頼を寄せられる仲間が欲しかった。賑やかな生活を送りたい。さて、と勢い良く立ち上がる。農業をやるとは決めたけど、体制が整うまでは鍛冶師をすることにしていた。日銭を稼ぎつつ家や土地の手入れを進めるのだ。あの料理屋に事情を話すと、ジャガイモを安く売ってくれた。何でも、この辺りではモンスターの肉だとかは手に入っても野菜は貴重だそうだ。そんな話を聞いたら俄然やる気が湧いてくる。とはいえ、農業の経験もなければ知識もない。指南書みたいな本があれば良かったけれど、あいにくとこの街に本屋の類はなかった。おまけに、農業をやると決めたものの、まともな農具すらない。

(とりあえず、鋤でも造っとくか。モンスター退治にも使えそうだし)

鍛冶師の合間に鋤を一本造り、さっそく荒れ地で思案する。

(ジャガイモは……土に埋めればいいのかね)

よくわからなかったけど、穴をいくつか掘ってジャガイモを埋めてみた。芋は何をしても育つイメージだ。だけど、鋤で穴掘りは難しく、土もベチャベチャしていてやたらと疲れた。

(後は芽が出るまで待つとして、住む場所を何とかしないとね)

肥料は用意できないものの川は近くに流れていたので、水やりには不自由ないのが幸いだ。

ジャガイモの花が咲いたころ、森の方から男が一人フラフラとやってきた。薄茶色の髪をした育ちの良さそうな男だ。

(ひょろくてモヤシみたいな野郎だね)

じーっと眺めていたら、こちらに気がついた。

「す、すみません……お水を……分けてくれませんか?」

「そこのバケツにたくさん入っているよ」

家の脇に置いてあったバケツを指すと、男は勢い良くガブガブと水を飲んでいた。この辺りは雪解け水が川に流れているようで、水だけは豊富にあったのだ。

「……ぶはぁっ！　ありがとうございます！　おかげさまで生き返りました！　僕はフレッシュと言います。あなたは命の恩人です」

「生き返ったならよかったよ。アタシはアグリカルってもんさ」

フレッシュと名乗った男と握手を交わす。

「あの、ここは何という場所なんですか？」

「ロファンティといって、荒れ地ばかりの貧しい土地さ。でも、みんな自由に生きているよ」

しばらく住んでから、この街には自分なりの印象ができていた。フレッシュは畑を見ると、突然その目がキラキラ輝きだした。

「これは……ジャガイモの花ですね！」

「あ、ああ、そうだよ。よくわかったじゃないか」

一目で見抜かれ心臓がドキリとするほど驚く。当のフレッシュは目を輝かしたまま話を続ける。

「ここは農場なんですか!?　僕は農業がやりたくてずっと旅をしていたんです！」

「な、なに……？」

「ですが、この辺りはやはり土地の質が悪いですね。まずは土壌の改良が必要そうです。ジャガイモももっと等間隔に植えた方が……」

フレッシュはとうとうと農業についての知識を話す。どれもこれも、アタシの知らないことばかりだ。

（農業って……こんなに難しいんだね……）

初めて当たり前のことを実感した。しばらく語ると、フレッシュは熱意のこもった目でアタシを見た。

「アグリカルさん、お願いします！　僕にもここで農業をやらせてください！　絶対役に立ちますから！　農業の本だってたくさん持っています！」

フレッシュは鞄から分厚い本をいくつも出して訴える。この頃になるとボロ小屋もだいぶ家らしくなっていて、二人ならどうにか暮らせそうだった。

「お願いです、ここに置いてください！」

フレッシュは地面に着きそうなほど頭を下げている。その様子からは、彼の真摯な想いが伝わってきた。

（この先……良い仲間になるかもしれないね）

「ああ、アタシからもよろしく頼むよ！」

「……ありがとうございます、アグリカルさん！」

フレッシュは感動した様子でアタシの手を握っては振り回していた。その日から、二人での共同生活が始まった。

「そういえば、アグリカルさん。この家に名前はないんですか？」

「名前なんかつけてないよ」

「僕の予想ですが、この家はギルドのように大きくなります。今からでも考えておかないと。やっぱり、農業に関する名前がいいですよね。農芸、農事……」

フレッシュは額に手を当てながら真剣に考えている。

「……う～ん、なかなか思いつかないな。そうだ、他には重農主義って言葉もありますね」

「あん？　なんだい、それは」

「商売や貿易をしてお金や宝石を集めるより、農業こそが国を発展させるという考え方です」

「へぇ～、そんな言葉があるのかい」

ふと畑を見ると、最初に造った鋤が地面に刺さっていた。一本の鋤から始まった農業をするギルド……。そう思った瞬間、これ以上ないくらいピッタリの名前が思い浮かんだ。

「じゃあ………〝重農の鋤〟ってのはどうさね？」

◆◆◆

「アグリカルさーん、早く来てくださいよー」

「あーい、今行くよ」

フレッシュが呼ぶ声で昔の尊い日々から戻ってきた。よっこいしょと立ち上がり畑へ向かうと、たくさんのメンバーが農作業しているのが見える。このギルドもずいぶんと大きくなったし、ロファンティにも貢献できていた。だけど、何よりもそれ以上の幸せで胸が満たされていく。

（アタシの周りには…………心から信頼できる仲間たちがいるんだ）

番外編　未来へ（Side　ディセント）

「あなた、そろそろお時間よ」

「ああ、わかってる」

自室の窓から外を眺めていたら、妻の声が後ろから聞こえてきた。今日、僕は人生の大きな節目を迎える。ずっとそれを目標としてきたが、実際にその日が来ると思うと緊張して、昨晩はよく眠れなかった。

「ディセントさん、お顔がくたびれていますよ。今日は大事な日なんですからシャキッとしてください」

「だ、だから、わかってるって」

「お顔だけじゃなくお洋服もくたびれていますわね。立っているだけですのに、どうしてシワができるんでしょう。ほらしっかりしないと……」

僕の服にあったシワを伸ばしている女性はソフィア。成人を迎えるころ、国内の公爵家の娘だった彼女と結婚した。濃い茶色のさらりとした髪に、これまた濃い茶色の大きな丸い瞳が愛らしい。少々気が強いところはあるが、心優しい素敵な女性だ。日々支えてもらいながら、概ね幸せな夫婦生活を送っている。そして、ソフィアも今日はまた大きな節目を迎える。なぜなら……。

「ディセント、入っていいか？」

「ええ、もちろんです。どうぞお入りください」

　扉がノックされ、姿を現したのは父上と母上。二人とも嬉しさと安堵と、少しの寂しさが入り混じったような表情だった。

「とうとうこの日が来たのだな……今になって思うが、あっという間だった」

「あなたも成長したわね。この前まではまだ幼さが残っていたのに」

　父上たちと熱く抱き合う。いつの間にか、父上たちの顔には細かいシワが刻まれていた。国王と王妃としての長年の重責が降り積もっているのだろう。でも、それも今日でおしまいだ。今後は、僕たちが代わりにこの国を導いていく。

「忙しくなる前に、我輩たちから祝いの言葉を伝えておこう。ディセント、本当におめでとう。今までよく頑張ってきたな」

「おめでとう、ディセント。あなたは昔から努力家でしたからね。そのような国王なら、国民たちも安心してついていてこれるでしょう」

　握手一つでさえ特別な感じがする。今日起きた出来事は、この先もずっと忘れない。

「ソフィア嬢も本当におめでとう。今後は妻として、王妃として、未熟なディセントを支えてやってくれ」

「貴方《あなた》みたいな奥さんがいてくれるからこそ、ディセントもこの日が迎えられたのだと思うわ。王妃も大変でしょうけど、二人で支え合ってね」

「ありがとうございます、お義父《とう》様、お義母《かあ》様。王妃として私も精一杯頑張らせていただきます。でも、ディセントさんは未熟なんかではありませんわ」

ソフィアは感謝を伝えながらも、さりげなく夫の顔を立ててくれた。本当に素晴らしい妻だ。

「さて、ディセント、客人が来ているぞ」

「客人ですか？」

誰だろう？　と思っていたら、見慣れた二人が入ってきた。

「こんにちは、ディセント様、ソフィア様。お忙しいところ失礼します」

「慌ただしくてすまないな」

「ウェーザさん、ラフさん！」

彼らにはずっと天気予報をお願いしているので、何か月かに一回は会っているのだけど、不思議と懐かしかった。二人とも初めて会ったときとそれほど大きくは変わっていない。ウェーザさんは相変わらずほっそりしていて優しげなオーラを纏《まと》っているし、ラフさんは少しだけ背が伸びた。

（二人はいつ見ても……いや……）

変わらないといっても、一つだけ大きく変わったことがある。親としての力強さだ。妻と楽し気に挨拶を交わす彼らを見てそう思っていた。

（ウェーザさんや〝重農の鋤〟の面々と出会ってから、もう十年は過ぎたのか……）

数時間後、国王就任式が開かれる。ウェーザさんたちは忙しい合間を縫って、お祝いに駆けつけてくれたのだ。いよいよ、僕はルークスリッチ王国の国王になると思うと身が引き締まる。

〝重農の鋤〟のみなさんとの出会いは、僕を大きく成長させてくれた。彼らから学ばせてもらった経験は何ものにも代えがたく、この先もずっと活かしていけるものだ。

「さて、我輩たちは準備に戻る。あまり長話しないようにな」

「はい、父上」

父上と母上が出ていくと、ウェーザさんたちの後ろから二人の幼い子どもが出てきた。赤い髪の男の子と黒い髪の女の子。少年は温和な瞳がウェーザさんに、少女はやや鋭い瞳がラフさんとよく似ていた。

「ウェ、ウェーザさん、そちらのお子さんは？」

きっとそうだ、とは思ったけど聞かずにはいられない。

「私たちの子どもです。どちらもちょうど三歳になりました」

「もっと早く連れてきたかったんだがな。旅の危険を考えると大きくなるまで待っていたんだ」

「フィーネ、ルシエル。こちらがディセント様とソフィア様よ」

ウェーザさんに促され、緊張した様子の子どもたちが前に出てきた。

「こんにちは、フィーネちゃん、ルシエル君。僕はディセントって言います。こっちにいる女の人がソフィアだよ」

「よろしく、フィーネちゃん、ルシエル君。ソフィアです」

「「こ、こんにちは」」

二人は硬い表情のまま僕たちと握手する。ぷにぷにした柔らかい手はとても小さいけれど、大人よりずっと温かかった。まだ幼い子どもでも、それぞれの瞳の奥には芯の強さが垣間見えていた。

「ウェーザさんとラフさんの子どもなら、さぞかし優秀で素敵な人になるでしょうね」

「ありがとうございます、ディセント様。この子たちと過ごせる毎日は本当に幸せいっぱいです。教えられることは全部教えたいと思っています」

「まぁ、まだまだやんちゃ盛りだがな。特にフィーネが」

ラフさんが笑いながら言うと、女の子はキッと睨んでいた。

「どうやら、ルシエルにも【天気予報】スキルがあるみたいなんです」

「え、君にもあるのかい？」

問いかけると、ルシエル君は控えめにうなずく。

「僕も……お母さんみたいな天気予報士になりたいです……」

「スキルが出てから、この子は毎日のようにそんな嬉しいことを言ってくれてるんです。天気の勉強もたくさんして……」

ウェーザさんは聖母のような優しい瞳でルシエル君を見る。彼女らを見ていると、この先も天気に関しては何の心配もいらないと今からよくわかった。

「そして、フィーネは【裁縫】スキルがあってな。〝ラフネーザ〟を継ぎたいらしい。将来のことはまだ決めなくていいと言っているんだが……」

「絶対、お父さんみたいな可愛いお洋服作るの！」

フィーネちゃんは大きな声で宣言してくれた。ラフさんとウェーザさんは、苦笑しながらも嬉しそうだ。彼ら四人からは、温かい家庭というものの尊さが伝わってくる。

「ネイルスさんやバーシルさんはお元気ですか？」

「ええ、そりゃもう元気です。毎日楽しく暮らしているみたいです」

「今日もどこかでクエストの真っ最中だろうよ」

彼らから聞いた話だと、ネイルスさんとバーシルさんは冒険者になったらしい。各地のダンジョンを周り、刺激にあふれた冒険の日々を過ごしている。〝重農の鋤〟に帰ってくることも多く、帰郷のたびにお土産やアイテムをどっさり持ってくるようだ。

アグリカルさんとフレッシュさんも、相変わらずロファンティで暮らしている。彼女らのおかげで、国内の鍛冶や農業の技術はグッと向上した。今では国を代表する産業になったほどだ。話していたら、ウェーザさんが思い出したようにポケットから手紙を差し出した。

「あっ、そうだ……アグリカルさんとフレッシュさんから伝言をいただきました。国王と王妃就任おめでとう、行けなくて申し訳ない、とのことです」

「すまん、ディセント。二人とも結構忙しくてな」

「いえ、お気になさらないでください。お忙しいのは重々承知していますから」

ウェーザさんから手紙を受け取る。キレイな字でお祝いの言葉が書かれていて、裏面には僕とソフィアの似顔絵が描いてあった。ソフィアは生き写しみたいだが、僕の絵は落書きのようだった。なんとなく予想はついたけど、下のサインを見るとアグリカルさんが描いてくれたらしい。

「〝重農の鋤〟も大きくなりましたね。また正式に訪問したいです」

彼らはたまに指導に来てくれることもあり、頭が下がるばかりだ。おまけに、〝重農の鋤〟繋がりでラントバウ王国とも友好条約が結べた。

「ええ、ぜひいらしてください。ギルドのみんなもディセント様とまた会いたいと言っていました」

「フランクとメイなんか、張り切って飯を作ってくれるぞ」

（国王としての最初の訪問はロファンティにしようかな……）

〝重農の鋤〟には大きな標本室もできたようで、各地から来客が絶えないとも聞いている。ぜひ、珍しい作物や植物の標本を見てみたかった。

「［ディセント様、そろそろ……］」

話に花が咲いていたところに、使用人たちが申し訳なさそうにやってきた。もう就任式の時間だ。

「みなさん、すみません。時間が来てしまったようです」

「こちらこそ長くお話ししちゃって申し訳ありません。それでは、私たちは広場に向かいますね」

「じゃあ、また後でな」

子どもの手を引き出ていくウェーザさんたち。僕とソフィアも別室に行き、最後の準備を整えた。大切な妻と向き合い、彼女の髪を優しく撫でる。

「ソフィア……愛しているよ」

「私もですわ……ディセントさん」

ソフィアと軽い口づけを交わして部屋の外に出た。

「『ディセント様、ご準備が整いました』」

周りには長年仕えてくれた使用人たちが集まっている。みな、笑顔で拍手して僕たちを送り出してくれた。

「行こうか、ソフィア」

「ええ、行きましょう、あなた」

妻の手を取りゆっくりと歩きだす。

（この一歩一歩が未来に繋がっているんだな……）

床を踏みしめるたびそう思ってバルコニーへ出ると、王宮中に大歓声が轟いた。バルコニー前の広場は、見渡す限りの人でいっぱいだ。父上と母上は優しげな微笑みを浮かべながら佇んでいた。僕たちは深呼吸してから父上たちの前に膝まづき、その時を待つ。徐々に収まっていく歓声。静寂が訪れたとき、父上と母上の厳かな声が響き渡った。

「ディセント・ルークスリッチ。今日この日をもって、貴殿に国王の座を授ける……！」

「ソフィア・ルークスリッチ。本日、貴殿に王妃の座を授ける……！」

僕は父上から金色の王冠を、ソフィアは母上から銀色のティアラをいただく。すっくと立ち上がり広場へ向き直ると、ひときわ大きな歓声で迎えられた。幸せを感じながら国民たちに手を振っていると、妻が僕の手を握り耳元で囁《ささや》いた。

「あなた、まだ伝えてなかったことがありますわ」

「なんだい、ソフィア」

妻は嬉しそうにはにかみながら、僕だけに聞こえるような小さな声で言った。

「私……赤ちゃんができましたの」

お腹を優しくさすりながら告げられた言葉に、心の底からじわじわと喜びがあふれてくる。眼下にはウェーザさんやラフさん、ルークスリッチ王国の民……そして、たくさんの子どもたちが笑顔で手を振っていた。その光景を見ると、平和のありがたみを感じるとともに、これからも守り通さねばならないという責任感が湧いてくる。妻の手を一段と強く握り、彼らに大きく手を振り返した。

（今まで出会った人たちとの経験を活かして、全ての人がずっと笑顔でいられる国にするんだ）

あとがき

本書からその手にお取りいただいた方、第一巻と共に手に取ってくださった方は初めまして。そして、前巻及びＷＥＢ版からの方はお久しぶりです。作者の青空あかなです。この度はご購入のほど誠にありがとうございます。

大変ありがたいことに、『追放された公爵令嬢ですが、天気予報スキルのおかげでイケメンに拾われました』の第二巻を刊行させていただくことになりました。これも応援してくださる読者様のおかげです。この場をお借りして感謝申し上げます。本巻でもあとがきのページを賜りましたので、短くはありますが本作のことを書けたらと思います。

第二巻では前巻以上に、キャラの内面を描くことを意識しました。彼らは一人の人間（バーシルは魔狼）ですから、日頃から考え、悩み、笑い、ときには涙し、幸せを感じながら生きています。ですので、ウェーザはどんなことを楽しいと思うのだろう、どんな人を素敵に思うのだろう、ラフはどうかな、ネイルスは……、アグリカルは……と、彼らの心に思いを寄せながら執筆いたしました。私たちと同じように生きている一人の人間として、〝重農の鋤〟のみんなをより身近に感じていただけたら嬉しいです。

特にヒーローであるラフ。彼は心の底で〝とある悩み〟を抱えていました。すでに本書をお読みの方はおわかりだと思いますが、解決するのが非常に難しい類の悩みです。ずっと悩んでいたラフの心中を思うと、私も心苦しいところがありました。ラフの心境がわからず、ウェーザも辛かったでしょう。でも、最後にはキレイに解消されるのでご安心くださいませ。

第二巻において、今まで謎に包まれていたラフの出自も明らかとなりました。これは彼の抱いていた〝とある悩み〟と深く関わるお話です。決して明るい話題ではありませんが、ラフは逃げずに真正面から向き合っていました。そのような彼の過去を踏まえ、本巻での物語は不穏な空気で始まります。しかし、物語の最初と最後で、ラフの見えている景色はまったく違うものになっているはずです。

今回も〝重農の鋤〟で育てている貴重な作物や、ロファンティ周辺に自生している珍しい植物がたくさん出てきました。どれも実在する野菜がちょっとファンタジーっぽくなった物です。中にはキレイなお花もいっぱい出てきます。現実にあったらどんな食べ物や植物だろうと、想像しながら書くのはとても楽しかったです。

さて、第二巻ではフレッシュの過去にまつわるお話がありました。ロファンティでは非常に珍しい貴族出身者。どうして彼は、そしてどこから〝重農の鋤〟にやってきたのでしょうか。その過程にもフレッシュの農業に対する熱い想いがあふれています。気になる答えは、ぜひ本編の方で。

フレッシュの過去に関係して、新たなキャラも何人か出てきます。どちらも〝重農の鋤〟にはいなかったような性格のキャラたちです。それぞれ作中でも屈指のシビアな人物ですので、読んでみたらちょっとビックリしてしまうかも……。ですが、彼らにもそうする理由があるのです。

とはいえ、ずっとシビアだと疲れてしまうので、例のお花の歌で癒されてくださいませ。

そして、本巻はとあるシリアスな事件で山場を迎えます。ラフとネイルスを苦しめた重い病。第一巻ではウェーザたちのおかげで無事に解決した、あの〝破蕾病〟がまた姿を現したのです。中には驚かれた読者様も多かったかもしれません。体にツタ模様のアザが現れ、日光に当たると花が咲くとともに激しい痛みに襲われる……。この厄介で恐ろしい病が、とある国で流行の兆しを見せていました。すぐに行動を起こして情報を集めるウェーザたち。色んな人から話を聞けば聞くほど、不穏な気配が濃くなっていきます。しかも、どうやら裏で暗躍している人物がいるらしく――？　ウェーザやラフたちと一緒に、ドキドキハラハラ感を楽しんでいただけたら幸いです。

そんな盛りだくさんのお話が集まった第二巻では、〝重農の鋤〟を離れることが多くなりました。ルークスリッチ王国だけでなく、また別の国を行き来したり……あっちへ行ったりこっちへ来たりで、ウェーザたちは大忙し。それでも決して音を上げない彼らの根底にあるのは、〝困っている人を助けたい〟という善良な心です。人助けのためならば、どんな困難も乗り越えられるのでしょう。本作を書いていて実感しましたが、〝重農の鋤〟のみんなはそれぞれ辛い経験を経ているからこそ、より他人に優しくできるのだと思います。

どこに行ってもロファンティに帰ってくると安らかな気持ちになるのは、きっとそれだけ〝重農の鋤〟での生活が豊かで平和だからです。

ここからは特典SSのお話をしようと思います。今回は、〝重農の鋤〟創立者にしてギルドマスターのアグリカルを主人公として書かせていただきました。とても存在感があり元気なキャラですので、お好きな方も多いかなと思います。

舞台は〝重農の鋤〟設立以前のロファンティ。今よりずっと治安も悪く街も貧相だった頃のお話です。ウェーザはもちろん、ラフやフレッシュなどお決まりのメンバーすらいません。土地だって今よりずっと痩せていました。周囲にはそれこそ荒れ地のように貧しい土地が広がり、荒くれ者も多く……そのような劣悪な環境でギルドを、しかも女手一つで興《おこ》していくのは生半可なことではありません。それでもやり遂げた彼女に敬意を表します。アグリカルがロファンティを気に入った理由も、ぜひ読んでみてください。実に彼女らしい理由だと思います。

冒頭にはアグリカルの過去がちょこっと出てきます。非常に優秀な鍛冶師で、どんな農工具も作ってしまう頼れるギルドマスター、アグリカル。彼女はロファンティに来る前は何をやっていたのでしょうか。アグリカルの一貫とした生き方は本当に尊敬できます。ラストにはあの人物が尋ねてくるので、こちらもどうぞお楽しみに……。

今でこそ、周辺の大きな国にまでその名前が轟く一大農業ギルド――〝重農の鋤〟。ここまで発展させるには、地道に一歩ずつ歩んでいくことが大切でした。何事も地道が一番の近道なのです。〝重農の鋤〟はまさしく何もないところから始まった、ということがわかるようなお話でございます。

最後になりましたが、前巻に引き続きとても素晴らしいイラストを描いてくださったイラストレーターの祀花よう子様、相変わらず未熟な私に多大なお力添えをくださった編集担当様、Mノベルスf編集部の皆様、本書の出版にご尽力くださった皆々様へ深く感謝いたします。

そして何を置いても、本書をお選びいただいた読者の皆様、本当にありがとうございました。

本書に対するご意見、ご感想をお寄せください。

あて先

〒162-8540 東京都新宿区東五軒町3-28
双葉社　Mノベルス f 編集部
「青空あかな先生」係／「祀花よう子先生」係
もしくは monster@futabasha.co.jp まで

Mf ノベルス

追放《ついほう》された公爵令嬢《こうしゃくれいじょう》ですが、天気予報《てんきよほう》スキルのおかげでイケメンに拾《ひろ》われました②

2023年５月13日　第１刷発行

著　者　青空《あおぞら》あかな

発行者　島野浩二

発行所　株式会社双葉社
〒162-8540　東京都新宿区東五軒町3番28号
［電話］03-5261-4818（営業）　03-5261-4851（編集）
http://www.futabasha.co.jp/（双葉社の書籍・コミック・ムックが買えます）

印刷・製本所　三晃印刷株式会社

［電話］03-5261-4822（製作部）
ISBN 978-4-575-24629-2 C0093